FRIEDERIKE SCHMÖE
Süßer der Punsch nie tötet

VERSCHÄRFTE WEIHNACHT Adventszeit in Bamberg. Privatdetektivin Katinka Palfy hat die Nase voll von Tiefkühlkost und besucht einen Weihnachtskochkurs bei der italienischen Starköchin Caro Terento. Doch während Katinka und die anderen Kursteilnehmerinnen am Herd stehen, fällt plötzlich eine Frau tot um. Ein Alptraum für die berühmte Köchin! Hauptkommissar Harduin Uttenreuther übernimmt die Ermittlungen und bekommt dabei Unterstützung von Katinka und Dante Wischnewski, einem eifrigen, aber manchmal nervigen Medizinstudenten mit großem Interesse an der Pathologie. Auf der Suche nach Mörder und Motiv folgt Katinka einer nach Salbei und Knoblauch duftenden Spur durch das vorweihnachtliche Franken …

© Frank Märzke

Geboren und aufgewachsen in Coburg, wurde Friederike Schmöe früh zur Büchernärrin - eine Leidenschaft, der die Universitätsdozentin heute beruflich frönt. In ihrer Schreibwerkstatt in der Weltkulturerbestadt Bamberg verfasst sie seit 2000 Kriminalromane und Kurzgeschichten; sie gibt Kreativitätskurse für Kinder und Erwachsene und veranstaltet Literaturevents, auf denen sie in Begleitung von Musikern aus ihren Werken liest. Ihr literarisches Universum umfasst u.a. die Krimireihe um die Bamberger Privatdetektivin Katinka Palfy und eine Krimiserie mit der Münchner Ghostwriterin Kea Laverde als Hauptfigur.

Weitere Veröffentlichungen im Gmeiner-Verlag:

Still und starr ruht der Tod (Neuauflage, 2017)
Falsche Versprechen (2017)
Dohlenhatz (2017)
Die viel zu lange Lüge, E-Book only (2016)
Von Zimtsternen und Zimtzicken (Hrsg) (2016)
Die Bernsteinburg, E-Book only (2016)
Stille Nacht, grausige Nacht (2015)
Kirchweihleichen (2015)
Zuträger (2015)
Oberfranken (3. überar. Auflage 2015)
Ein Toter, der nicht sterben darf (2014)
Wer mordet schon in Franken (2014)
Schaurige Weihnacht überall (2013)
Du bist fort und ich lebe (2013)
Rosenfolter (2012)
Wasdunkelbleibt (2011)
Wernievergibt (2011)
Wieweitdugehst (2010)
Bisduvergisst (2010)
Fliehganzleis (2009)
Schweigfeinstill (2009)
Spinnefeind (2008)
Pfeilgift (2008)
Januskopf (2007)
Schockstarre (2007)
Käfersterben (2006)
Fratzenmond (2006)
Kirchweihmord (2005)
Maskenspiel (2005)

FRIEDERIKE SCHMÖE
Süßer der Punsch nie tötet

Ein bitterböser Krimi zum Advent

Besuchen Sie uns im Internet:
www.gmeiner-verlag.de

© 2010 – Gmeiner-Verlag GmbH
Im Ehnried 5, 88605 Meßkirch
Telefon 07575/2095-0
info@gmeiner-verlag.de
Alle Rechte vorbehalten
1. Auflage 2017

Lektorat: Claudia Senghaas, Kirchardt
Herstellung/Korrekturen: Julia Franze / Susanne Tachlinski
Umschlaggestaltung: U.O.R.G. Lutz Eberle, Stuttgart
unter Verwendung von Fotos: © VICUSCHKA / photocase.de
Druck: CPI books GmbH, Leck
Printed in Germany
ISBN 978-3-8392-2185-3

*Personen und Handlung sind frei erfunden.
Ähnlichkeiten mit lebenden oder toten Personen
sind rein zufällig und nicht beabsichtigt.*

1. DEZEMBER

Privatdetektivin Katinka Palfy stülpte sich ihre Kapuze zum Schutz gegen den Nieselregen über den Kopf und trabte über die Obere Rathausbrücke Richtung Fußgängerzone. Vor den Glühweinständen tummelten sich wie jeden Abend unzählige Leute; so viele, dass selbst zu Fuß kaum durchzukommen war. Katinka boxte sich durch die Menge.

»He, Frau Privatdetektivin! Unterwegs auf heißer Spur?«

Katinka drehte sich um. Aus einem unscheinbaren Stand, der sich schüchtern zwischen den Glühweinschenken duckte, grinste ihr ein bekanntes rundes Gesicht entgegen: Claudius Gefell, der fränkische Kochbuchmatador. Klein, spillerig, mondgesichtig. Dick eingemummelt gegen die Kälte.

»Grüß Gott! Sind Sie nicht auf großer Fernsehtour?«

»Oberfranken-TV hat abgesagt. Erst wollten sie eine ganze Serie zum Thema Weihnachtsmenüs mit mir abdrehen, aber dann ...«

Schon bitter für einen selbsternannten 5-Sterne-Koch, dachte Katinka und verkniff sich ein Grinsen. Im Fränkischen Tag war Gefell groß porträtiert worden. Immerhin hatte er sieben Kochbücher mit fränkischen Rezepten herausgegeben. Hardo mochte die deftige Kost, doch für sie selbst kam genauso gut etwas Leichtes, Mediterranes infrage. Sie sagte Gefell besser nicht, dass sie auf dem Weg zur Konkurrenz war: Kochen mit Caro Terento, der italienischen Superköchin aus den Hochglanzmagazinen, die in diesem Advent ganz Franken mittels Kochkursen in die Geheimnisse ihrer Kunst einweihte. Die lokalen Zeitungen schrieben über nichts anderes mehr. Katinka musste sich beeilen: Ihr Kurs würde in wenigen Minuten beginnen.

»Wie läuft es mit den Gewürzen?«, fragte sie und wies auf die Regale hinter Gefell.

»Größtenteils eigene Mischungen. Brauchen Sie was? Haben Sie sich schon für ein Weihnachtsmenü entschieden?«

»In der Küche bin ich nicht gerade die Krönung.« Aus Höflichkeit kaufte sie ihm ein Tütchen Chiliflocken ab, steckte es in ihren Rucksack und machte sich auf den Weg.

Tatsächlich blieben ihr die Instant-Nudelsuppen und Bratkartoffeln mit Spiegelei mittlerweile im Halse stecken. Weil Weihnachten vor der Tür stand, hatte sie sich zum Kochkurs bei Caro Terento angemeldet, der nicht weit von ihrer Wohnung in einem Küchenstudio stattfand. Sie hatte Hardo vorsichtig angespitzt, aber er wollte nicht mitmachen. Ihm reichte es, wenn einer von ihnen beiden Salatblätter zupfte oder Saltimbocca briet. Katinka hatte geahnt, dass eine Beziehung zu einem Polizeihauptkommissar nicht leicht war, aber sie beide waren fest entschlossen, es dennoch zu versuchen. Mein Beitrag zu Weihnachten wird also ein italienisches Menü sein, überlegte Katinka und betrat das Studio.

Caro Terento war eine große, kräftig gebaute Frau in den Fünfzigern mit lauter Stimme. Das graue Haar war kurz geschnitten, sie trug Jeans und ein Männerhemd. »Um Mode geht es hier nicht«, sagte sie, kaum dass der letzte Teilnehmer aufgekreuzt war. »Auch in der Küche habe ich mich noch nie einem Trend unterworfen. Entscheidend ist der eigene Stil.«

Das gefiel Katinka. Sie begann den Abend mit Spaghetti Bolognese, allerdings mit selbstgemachter Hackfleischsoße, rührte gemächlich im Topf und beobachtete dabei die anderen Kochschüler. Halb Männer, halb Frauen; der Kurs war gut durchgemischt.

»Die Jungs haben wahrscheinlich eine sexy Sizilianerin erwartet«, flüsterte Katinkas Herdnachbarin, eine dralle Frau, die sich an Saltimbocca alla romana versuchte. »Mein Ex würde nie einen Kochkurs machen! Und deswegen mache ich jetzt einen.« Trotzig schnitt sie ein großzügiges Stück Butter ab.

PLOPP! Die Bolognesesoße war am Explodieren. Hastig rührte Katinka im Topf, drehte die Hitze zurück. Sie gab etwas von Gefells Chiliflocken in ihre Soße. Kurz darauf übergoss sie die Pasta mit dem blubbernden Sugo.

»Schmeckt es?«, fragte Caro Terento, als sie an Katinkas Platz vorbeikam. Ungeniert probierte sie direkt aus dem Topf. »Überzeugend, Signorina, überzeugend. Etwas zu pikant für meinen Geschmack, aber überzeugend.«

Katinka aß heißhungrig zwei große Schüsseln Nudeln, testete das Risotto eines anderen Teilnehmers und überlegte, welches Gericht sie als Nachspeise auswählen sollte, als ein Miauen sie aufschreckte.

Sie fuhr herum.

Die dralle Frau, die neben ihr am Herd

gestanden hatte, hüpfte auf allen Vieren im Kreis und miaute. Sie schwang den Kopf hin und her, schrie jämmerlich auf, warf sich gegen das Bein eines Mannes, der es sich gerade mit seinem Hähnchenbrustfilet alla barbaresca gemütlich gemacht hatte. Eine Cherrytomate plumpste ihm von der Gabel, direkt vor die Nase der kleinen Frau, die mit dem Mund danach schnappte, die Tomate schluckte, aufkeuchte und mit einem Stöhnen am Boden liegen blieb.

»Madonna!«, schrie Caro Terento und kniete sich neben die Frau. »Rufen Sie einen Arzt, schnell! Sie atmet nicht mehr.«

Alle Teilnehmer standen mucksmäuschenstill da, wie versteinert. Dann endlich kam Bewegung in die Truppe, mehrere zückten gleichzeitig ihre Handys. Katinka hockte sich zu Caro Terento und tastete nach dem Pulsschlag. »Nichts«, sagte sie, nachdem ihre Finger mehrere Sekunden lang über den Hals der drallen Frau gewandert waren, die eben noch ihre Show abgezogen hatte.

»Madonna!«, wimmerte die Terento und warf die Arme in die Luft.

Katinka wählte Hardos Nummer. Ein Arzt würde hier nicht mehr helfen können.

»Was ist los?«, bellte Hardo in den Hörer. Er war wie immer total überarbeitet. Katinka stellte sich vor, wie er erschöpft über seinen kahlen Kopf strich.

»Mord im Kochkurs.«

»Du machst Witze!«

»Mach ich nicht. Schickt jemanden vorbei.« Sie trank Wasser direkt vom Hahn an der Spüle. Gefells Chili hatte es in sich.

Eigenartiger Tod, finden Sie nicht? Das Opfer tanzt wie von der Tarantel gestochen.
Ob der Exmann der Dame nachgeholfen hat?

2. DEZEMBER

»Der Klassiker aus dem Mittelalter«, sagte Polizeihauptkommissar Harduin Uttenreuther. Sie saßen im Cador und tranken Chaipur, und Hardo sah in dem In-Café mit den weißen Lederstühlen irgendwie deplaziert aus. Sein Bierbauch klemmte hinter der Tischkante, und seine großen Finger schienen den feinen Löffel zerquetschen zu wollen, während er in seinem Tee rührte.

»Erzähl!«, bat Katinka.

»Marga Ofenstaller, die Frau aus deinem Kochkurs, starb an Mutterkorn. Schon mal gehört?«

»Nicht direkt.« Katinka zerbrach sich den Kopf, ob in einem ihrer Fälle jemals jemand mit Mutterkorn umgebracht worden war, aber an Giften waren ihr bislang nur Ricin und Curare untergekommen. Niederträchtig genug.

»Mutterkorn ist ein Pilz, der Getreide befällt. Im Mittelalter war dagegen noch kein Kraut gewachsen. Es gab eine Menge Vergiftungen mit bizarren Symptomen. Nonnen, die sich in wildem Tanz dem Teufel darboten.«

»Auch irgendwie verständlich.«
»Katinka!«
Sie zuckte die Schultern. »Auch Nonnen haben Bedürfnisse. Wo kam das Mutterkorn her? Trägt man ja nicht gerade in der Handtasche herum.«
»Im Küchenstudio ist nichts Verdächtiges gefunden worden. Unsere Leute haben sämtliche Ingredienzien unter die Lupe genommen. Nichts. Nur in Ofenstallers Essen war Mutterkorn. Und zwar in einer so extrem hohen Dosierung, dass ich mich wundere, warum sie nicht sofort umgekippt ist. Ohne Veitstanz.«
Sehnsüchtig sah Katinka auf die Kuchenvitrine. Etwas mit Schokolade wäre ihr jetzt recht.
»Laut Obduktion war Marga Ofenstallers Herz nicht mehr das Beste. Mutterkorn bewirkt Gefäßkrämpfe und stört die Durchblutung. Sie bekam so eine Art epileptischen Anfall. Als in ihrem Gehirn ein Gefäß platzte, war es aus. Ein Superschlaganfall. Sie hatte ohnehin Bluthochdruck.«
»Was glaubt ihr, woher kam das Mutterkorn?«
»Spuren davon sind in einem Zellophantütchen im Mülleimer gefunden worden. Keine

brauchbaren Fingerabdrücke außer die des Opfers selbst.«

»Also hat sie das Gift selbst mitgebracht, um sich theatralisch im Kochkurs umzubringen?« Katinka winkte der Kellnerin.

»Schwer vorstellbar.« Hardo trank seinen Chaipur aus.

»Was darf's denn noch sein?«, erkundigte sich die Bedienung.

»Ein Stück Schokoladenkuchen«, antwortete Katinka. »Für den Herrn Hauptkommissar auch?«

»Nein, verdammt.« Er rührte im Bodensatz in seiner Tasse herum. »Ich muss abnehmen.«

Katinka grinste. Auf seine abendlichen Bierchen mochte Hardo nicht verzichten, dann versagte er sich lieber etwas Süßes.

»Schokolade ist gut für die Nerven.«

»Mag ja sein.« Er zeigte in seine Tasse. »Weiß man, was in diesen Mixturen so genau drin ist? Ich fürchte, man weiß es nicht, auch wenn man die Zutatenliste genau studiert. Meine Leute versuchen, die Herkunft dieses Zellophantütchens zu orten.«

Eine Viertelstunde später trennten sie sich. Katinka quetschte sich an den Glühweinständen vorbei, ignorierte als Nikoläuse getarnte Faltblattverteiler, sah kurz sehnsüchtig in die Schaufenster des Reisebüros gegenüber der verwaisten Schiffsanlegestelle und schlängelte sich dann in die Hasengasse. Seit eine gewaltige Holzkonstruktion direkt vor dem Zugang zu der schmalen Gasse ein Universitätsgebäude vor dem Zusammenbruch bewahrte, geriet ihr Weg ins Büro seit Monaten zum Hindernislauf. Außerdem verrichteten nicht mehr nur Hunde ihr Geschäft im Schutz des Gerüstes.

›Katinka Palfy – Private Ermittlungen‹ stand auf dem Türschild. Seit einigen Jahren schon führte Katinka ihr Business, hatte eine Reihe von verzwickten Fällen gelöst und war dadurch in Franken als Privatdetektivin zu einer bekannten Größe geworden. Ihre Geschäftsräume muteten bescheiden an: Schreibtisch, zwei Besuchersessel, Kleiderständer, Regale mit juristischen Nachschlagewerken. Die Einrichtung hatte sich in all der Zeit kaum verändert, nur alle paar Monate wechselte Katinka das Poster an der hinteren Wand aus. Gerade durften ihre Klienten das Werbeplakat zu einer Klimt-Ausstellung in Wien bewundern. Sie hatte das Plakat aus alter Liebe zu ihrer Geburtsstadt aufgehängt. »Obwohl ich mir längst nicht mehr vorstellen kann, dort zu leben«, murmelte sie und warf ihre Schlüssel auf den Schreibtisch.

Der Rechner flimmerte noch. Um wenigstens ausreichend Nervennahrung zur Hand zu haben, hatte sie sich in diesem Jahr einen mit Schokolade gefüllten Adventskalender aufgestellt. Und vergessen, dass sie seit gestern Türchen öffnen durfte. Genussvoll aß sie beide Pralinen auf einmal. Dann checkte Katinka das Telefonbuch nach Marga Ofenstaller und notierte sich die Adresse. In Facebook fand sie das Profil der Frau, die sie allein vom Foto her sofort wiedererkannt hätte. Marga stellte sich als passionierte Köchin vor, die seit fünf Jahren geschieden war und neuen Männerbekanntschaften gegenüber nicht abgeneigt war. »Du liebe Zeit«, murmelte Katinka, fuhr den Rechner herunter und machte sich auf in die Nürnberger Straße.

Hardos Leute hatten Margas Wohnung im ersten Stock eines neu hergerichteten Miethauses genauestens unter die Lupe genommen, aber Katinka war neugierig. Mit Schlössern seit dem Beginn ihrer Karriere als Detektivin auf du und du stehend, trat sie nach knapp 24 Sekunden in die Wohnung der jüngst Verstorbenen. Es gab ein paar Fotos an den Wänden, die Marga in Gruppen von lachenden und schäkernden Frauen ihres Alters zeigten. In ihrer Küche stapelten sich die Kochbücher. Katinka ging die Schränke durch. Kein einziges Gewürz, kein Tee, kein Kaffeepulver. Kein Zweifel, um die Zusammensetzung sämtlicher Pülverchen kümmerte sich gerade die Kriminaltechnik. Katinkas Handy klingelte in die Stille der Wohnung hinein.

»Katinka? Hardo hier.«

»Salut!« Sie versuchte, nicht schuldbewusst zu klingen.

»Wo bist du?«

Katinka räusperte sich. »In der Stadt.«

»Du hast es gut. Hör mal, am Alten Kanal ist eine Gondel geklaut worden.«

»Holla!«

»Der Besitzer schwört Stein und Bein, sie gestern ordnungsgemäß festgemacht zu haben. Gegenüber vom Hotel Villa Geyerswörth.«

»Und so eine Gondel trägt man ja nicht mal eben an der Uhrkette zu sich nach Hause.«

»Hast du irgendwas mitgekriegt?« Er spielte auf Katinkas Talent an, die Gerüchte, die in der Stadt kursierten, schnell und effektiv zu bündeln.

»Habe ich nicht. Aber ich höre mich um und gebe dir Bescheid, wenn …«

»O. k.« Hardo hatte schon aufgelegt. Das war wirklich kein Zuckerschlecken mit einem Liebhaber, der bei der Polizei arbeitete. Noch dazu bei der Mordkommission. Und Marga Ofenstallers Tod war Mord. So viel stand fest. Blieb nur die Frage nach einem Motiv, und die Antwort war wohl, wie immer, in den Beziehungen des Opfers zu suchen.

Als Katinka Marga Ofenstallers Wohnung verließ, hörte sie Fußgetrappel von oben. Sie zog so leise wie möglich die Tür hinter sich zu und lief los. Als sie schon auf dem Gehsteig stand, wurde sie von einem jungen Mann eingeholt, der ein Notebook unter dem Arm trug. Er musterte Katinka lauernd, ging dann aber Richtung Bahnhof, ohne ein Wort zu sagen. Katinka sah ihm nach. Er schaute zweimal zurück.

Gondeln stehen für den Tod, das letzte Geleit, sie sind stilvolle Boote für die letzte Überfahrt …

3. DEZEMBER

Katinka streute gerade etwas Chili auf ein Sandwich und wollte entspannt hineinbeißen, als ihr Handy klingelte. Hardos Signalton.

»Fährst du mit nach Coburg?«

»Äh …«

»Deine Italienerin hat heute bei den Protestanten einen Kochkurs gegeben. Und wieder ist jemand umgekippt.«

»Mutterkorn?« Katinka schlüpfte schon in ihre Jacke.

»Noch unsicher. Kollege Schilling hat sich an uns gewandt. Die Zeitungen überschlagen sich bereits. Klick mal im Internet auf ›www.infranken.de‹.«

»Ich kann's mir denken. Holst du mich ab?«

Sie brausten in Hardos Golf über die A 73. Katinka säbelte mit einem Schweizer Taschenmesser an ihrem Sandwich herum und teilte es mit Hardo. Seit die Autobahn fertiggestellt war, ersparte man sich die unerspießlichen Überholmanöver auf der Bundesstraße. 35 Minuten nach Abfahrt standen sie auf dem Parkplatz der Coburger Polizeidirektion. Katinka erinnerte sich nur zu gut an Hauptkommissar Wolf Schilling, mit dem sie einen verwickelten Fall in einer Werbeagentur gelöst und eines eisigen Winterabends Hardos Leben gerettet hatte.

»Grüß Gott«, sagte Schilling. »Die Frau Privatdetektivin ist auch dabei? Arbeiten Sie an dem Fall?«

»Bis jetzt nicht. Ich war dabei, als das erste Opfer umkippte.«

»Kochkurs?« Schilling lächelte spöttisch. Katinka griff nach seiner ausgestreckten Hand, die in einem cremefarbenen Lederhandschuh steckte, und musterte verstohlen Schillings matt violett changierenden Wintermantel. Genau wie Hardo, der in einem zerfledderten Parka und – wie sollte es anders sein – Turnschuhen seinen Dienst versah, hatte Schilling seinen individuellen Stil in den vergangenen Jahren weiter perfektioniert.

»Jennifer Katz, 24. Bricht zusammen und ist tot. Die Starköchin hat einen Nervenzusammenbruch erlitten und wird im Klinikum behandelt.«

»Woran ist das Opfer gestorben?«

»Der rechtsmedizinische Bericht müsste jede Minute reinkommen. Ich habe den Pathologen gebeten, ihn aufs Fax zu legen, unsere FCs sind zurzeit lahme Enten.«

Er führte Katinka und Hardo in sein Büro, in dem ein nadelndes Adventsgesteck mit blinden roten Kugeln auf dem Tisch stand. Eine blonde Kollegin lächelte ihnen zu und winkte fröhlich. Katinka erkannte Carolin Metze wieder, die bei dem Fall in der Werbeagentur mitermittelt hatte.

»Hier sind ja die Daten.« Schilling zog mit spitzen Fingern einige Blätter aus dem Fax, als handelte es sich um vergammelten Fisch. Sie setzten sich um das Adventsgesteck. »Ach du liebe Zeit. Sie ist an Nikotin gestorben.« Er breitete die Papiere vor sich aus, fluchte, als er an das Adventsgesteck stieß und ein ganzer Nadelregen sich über den rechtsmedizinischen Report ergoss. Entnervt griff er nach den geschmückten Zweigen und schleuderte sie in den Papierkorb. »Ich weiß nicht, wie Sie es mit Weihnachten handhaben, aber für mich ist das Privatsache.«

»Unbedingt«, sagte Katinka, während Hardos graue Augen in gewohnter Geschwindigkeit über die Seiten wanderten.

»Jennifer klagte über plötzliche Sehstörungen, während die Gruppe schon das schmutzige Geschirr wusch und sich mit dem Dessert befasste. Dann bekam sie heftige Krämpfe, verlor das Bewusstsein. Der Notarzt traf sie lebend an, aber es war zu spät, sie noch zu retten.« Schilling wies auf die Papiere.

»80 mg Nikotin«, zitierte Hardo mit zusammengekniffenen Lidern. »Da hat es jemand ganz genau wissen wollen. 40 bis 60 mg gelten schon als tödliche Dosis.«

Er braucht eine Lesebrille, dachte Katinka. Immerhin ist er nicht mehr der Jüngste. Ab Mitte 50 …

»Jetzt erklären Sie mir mal, wie das Nikotin auf Jennifers Mahlzeit kam.« Schilling zog einen Aktendeckel zu sich heran. »Sie bereitete gefüllte Paprika zu. Vegetarisch mit Ricotta-Käse, Emmentaler, Eiern, frisch geriebenem Pfeffer …«

»Hat noch jemand anders von den Paprikas gegessen?«, fragte Katinka.

Schilling zog die Augenbrauen hoch. Es fiel dem Beamten sichtlich schwer, die freiberufliche Kollegin mit Informationen zu versorgen.

»Eben nicht. Niemand hat von Jennifers Essen probiert. Denn zeitgleich kochte Caro Terento irgendein anderes Gericht, hier, warten

Sie, genau, Moussaka mit Zucchini, und darauf waren alle scharf. Außerdem hat irgendein eilfertiger Teilnehmer Jennifers Teller gespült, weil sie über Unwohlsein und Sehprobleme jammerte.«

Vermutlich war Jennifer sehr hübsch, dachte Katinka, was die Beflissenheit der Hobbyköche in null Komma nix erklärt.

»Haben Sie den Mann befragt?«, wandte sie sich an Schilling.

»Was denken Sie denn! Aber wir haben keine einzige Aussage, die etwas hergibt. Nicht einen Hinweis.«

»Gewürze, sonstige Zutaten?«, bohrte Hardo nach.

»Hier war wohl ein weiterer Teilnehmer etwas übereifrig«, antwortete Schilling. »Er sagte aus, den übervollen, stinkenden Mülleimer in den Hof getragen zu haben. Die Tonnen sind am späten Nachmittag geleert worden.«

Da haben Ihre Leute den Tatort ziemlich schlampig gesichert, dachte Katinka, verkniff sich jedoch einen Kommentar.

Carolin Metze streckte den Kopf herein. »Gerade kam ein Anruf von der Zeitung. Unser Weihnachtsjunkie verkauft auf seinem

Gartengrundstück einen sogenannten Todespunsch.«

Schilling verdrehte die Augen, während er schon seinen Mantel vom Bügel nahm. »Kommen Sie mit, das müssen Sie sich anschauen.«

Der Mann, den Carolin Metze ›Weihnachtsjunkie‹ nannte, besaß ein Haus auf dem der Veste Coburg gegenüberliegenden Berg mit einer atemberaubenden Sicht auf die Stadt. Sein Eigenheim war klein und alt, zwischen hohen Birken und Fichten gelegen. Seine unansehnliche und renovierungsbedürftige Fassade verbarg sich unter Zehntausenden von Glühbirnchen in allen Farben. Elche und Hirsche aus Lichterketten grasten im Garten. Blinkende Nikoläuse krabbelten die Fassade hinauf. Seine Garage hatte der Besitzer zu einer Glühweinbude umfunktioniert. Hardo, Schilling und Katinka stiegen aus dem Streifenwagen, der sie hergebracht hatte.

»Ach, Besuch von der Polizei. Es hat alles seine Ordnung. Alles ist angemeldet, ich stelle sogar eine Toilette zur Verfügung!« Der Initiator der Kitschorgie wies auf ein handgemaltes Schild mit zwei Nullen drauf.

»Darum geht es nicht«, entgegnete Schilling

knapp. »Was ist das?« Er wies auf die Speisekarte, eine alte Schiefertafel. »Todespunsch?«

»Ein kleiner Spaß. Ein Witz, verstehen Sie?«

»Dann dreimal Todespunsch«, bestellte Katinka. »Was mixen Sie denn rein?« Sie folgte dem Gastgeber zu seiner improvisierten Bar.

Vertraulich beugte er sich vor. »Eine extra Portion Kardamom, Koriander und Chili, außerdem Nelken für die intensive Würze.« Er goss aus einer Megathermoskanne drei Becher voll. »Wohl bekomm's.«

»Einen vierten, bitte.« Schilling war hinter sie getreten. »Zum Mitnehmen.« Kurz darauf balancierte er den mit einem Plastikdeckel verschlossenen Becher zum Wagen und wies die Streife an, das Gesöff unverzüglich ins Labor zu bringen.

Geschmacksfragen einmal beiseitelassend – ob der Weihnachtsfanatiker der Mörder ist?
Wäre das nicht kontraproduktiv?

4. DEZEMBER

Katinka saß in ihrem Büro, futterte die Schokofüllung des 3. und 4. Dezembers und brütete über einem Stalkingfall. Eine junge Frau wollte ihren Peiniger verfolgen und auf diese Weise einschüchtern, nachdem alle offiziellen Hilfestellungen versagt hatten. Sara Kaiser hatte auf der Sandkirchweih, Bambergs wildester und beinahe weltberühmter Sause, eine heiße Nacht mit einem Kerl verbracht, der ihr nun nachstieg, anstatt sich willig entsorgen zu lassen.

Rollkommando zu spielen, war nicht ganz im Rahmen des Gesetzlichen. Seit Katinka mit Hardo zusammen war, konnten aus solchen Kleinigkeiten komplizierte Geschichten erwachsen. Nachdenklich betrachtete sie Sara Kaisers Foto. Langes, blondes Haar, das in perfekten Wellen über ihre Schultern fiel, feminine Figur, was soviel hieß wie Hungerhaken, Blazer, superenge Jeans. Der Mann, mit dem sie nach einigen Caipirinhas am Grünhundsbrunnen in die Kiste gestiegen war, hatte ihr noch nicht einmal seinen richtigen Namen hinterlassen. Es war Sara nie gelungen, ihn aufzuspüren. Alles, was Katinka wusste, war, dass der Stalker unregelmäßig in der Nähe von Saras Wohnung in der Willy-Lessing-Straße herumlungerte, ihr beim Joggen am Kanal über den Weg lief, nie sprach, sondern ihr einfach eine Weile folgte, bis sie die Nerven verlor. Ein einziges Mal hatte sie es geschafft, den Typen mit dem Handy zu fotografieren. Doch die Aufnahme war so miserabel, dass außer einem verschwommenen Profil nicht viel zu sehen war. Katinka hatte Sara gebeten, sie sofort anzurufen, wenn der Stalker wieder aufkreuzte, aber bislang hatte ihre Klientin sich nicht gemeldet. Manche Probleme lösten sich quasi von selbst.

Katinka beschloss, im Café am Kranen einen Milchkaffee und einen Muffin zu holen. Der Tag war grau. Der Nieselregen machte alles noch dunkler und trüber.

Als sie mit ihren Sachen vor das Café trat, bemerkte sie ein versprengtes Grüppchen von gegen den Regen eingemummelten Gestalten, die vor der Schiffsanlegestelle herumstanden und selbstgemalte Transparente hochhielten.

»Was ist denn hier los!«, entfuhr es Katinka. Vor Überraschung schwappte der Kaffee über.

Sie entzifferte die Plakate. ›Auch Frankens Küche ist es wert!‹ – ›Ab nach Hause, Caro!‹ – ›Franken:Idalien 1:0‹

»Eine Demo!« Ein junger Typ mit Nickelbrille und Skimütze saß in eine Decke gekuschelt vor dem Café, geschützt von einem zerfledderten Sonnenschirm, und rauchte. »Ich wette, das ›d‹ in ›Idalien‹ ist Absicht!«

»Da wäre ich mir nicht so sicher«, erwiderte Katinka, die, seit sie in diesem beschaulichen Landstrich lebte, gegen die Verhohnepiepelung ihres Namens als ›Kadinga Balfy‹ kämpfte.

»Ich bitte Sie!« Er lachte, nahm die Skimütze ab und kratzte sich an seinem mit schütterem Flaum bewachsenen Kopf. »Die fahren im Sommer alle nach Bibione! Müssen doch wissen, wie sich ihr Urlaubsland schreibt.«

Katinka setzte sich zu dem Mann an den Tisch und stellte Kaffee und Muffin ab. »Mir war bisher nicht klar, wie weit es mit dem fränkischen Selbstbewusstsein gehen kann!«, sagte sie. »Wenn der Volksstamm jetzt schon Probleme mit Pizza und Pasta hat ...«

»Sie sind Katinka Palfy, oder?«

»Wer will das wissen?«

»Dante Wischnewski. Dante, nicht Dande. Auch nicht Tande. Fränkischer Tag.«

»Ich fasse es nicht!« Katinka lachte. »Sie sind der neue Volontär.«

»Genau. Nicht Volondär.«

Allmählich könnte er das mal wieder sein lassen, dachte Katinka. »Meine beste Freundin hatte den Job vor Ihnen.«

»Britta Beerenstrauch, ich weiß. Sie ist jetzt beim Fernsehen.«

»Gut informiert, Herr Wischnewski!«

»Exakte Pressearbeit. Nennen Sie mich Dante!«

»Berichten Sie über die Demo?« Katinka zeigte auf die Protestler und die beiden Streifenwagen. Die Polizisten wussten nicht recht, ob sie den Auflauf von etwa 100 Leuten ernst nehmen sollten.

»Bericht ist schon im Kasten.« Er klopfte auf ein Notizbuch vor sich auf dem Tisch. »Sie wissen doch, wir haben ja ausführlich berichtet: Die italienische Starköchin Caro Terento gibt Kochkurse in ganz Franken. Und diese Herrschaften hier sind Fans der fränkischen Küche. Mit Konkurrenz kommen sie nicht zurecht.«

»Das kann doch nicht der Grund sein, eine Demonstration anzumelden!«

»Sind ein paar militante Leute dabei. Die werden ganz rattig, wenn's nicht fränkisch genug ist. Einer, der sich Ice Cube nennt, hat sogar ein Blog im Internet. Titel: ›Die reinste Kulinarik‹. Die Doppeldeutigkeit ist beabsichtigt. Polemisiert gegen die Verwässerung des fränkischen Geschmacks durch neue Kochtrends. Wie der Mann mit bürgerlichem Namen heißt, habe ich noch nicht rausgefunden.«

»Völliger Blödsinn!«

»Möglich«, entgegnete Dante und zündete sich eine neue Zigarette an. »Möchten Sie?«

Katinka nahm eine. »Danke.«

»Die Leute regen sich über alles Mögliche auf. Über den Verfall der deutschen Sprache zum Beispiel, über die Landesgartenschau, obwohl sie erst 2012 hier stattfindet, über abgeholzte Streuobstwiesen, abgeschaffte Parkplätze.«

»Ist auch ein ziemlicher Irrsinn, die letzten Stellflächen im Zentrum zu verbieten«, ging Katinka dazwischen.

»Alles absolut ideologisiert«, gab Dante zu. »Warum also nicht sich über Essen aufregen? Nahrung ist wichtiger als Parkplätze.«

»Auch wieder wahr. Haben Sie mit den Demonstranten gesprochen?«

Dante senkte den Kopf und sah Katinka verschmitzt an. »Was denken Sie denn?«

»Ist einer von denen fähig, Leute zu ermorden, um der italienischen Konkurrenz zu schaden?«

»Sie fragen wegen der Morde in Caros Kochkursen? Wenn Sie mal Bedarf haben – ich habe einen guten Draht zur Rechtsmedizin.«

»Ich komme darauf zurück.« Katinka hatte gelernt, Informationsangebote nie auszuschlagen. »Ich habe den ersten Mord hautnah mitgekriegt.«

»Wie – Kochkurs?« Dante lupfte die Augenbrauen.

»Bei Signora Terento.«

»Lassen Sie das bloß keine von diesen Nasen wissen«, warnte Dante grinsend mit einem Blick auf die Demonstranten. »War's lecker?«

»Bis mir der Appetit vergangen ist, schon.«

Katinka verabschiedete sich und ging zurück ins Büro. Dort klickte sie im Internet herum, bis sie Ice Cubes Blog gefunden hatte. Außer Polemik und dürftigen Begründungen gab es auch eine Menge fränkischer Rezepte in den drei Kategorien ›saueinfach‹, ›middel‹ und ›sauschwer‹. »Und so einer nennt sich Ice Cube«, murmelte Katinka. Sie schickte Hardo den Link per Mail. Sollte er die Identität von diesem fränkischen Eiswürfel ermitteln und ausforschen, ob der Mann etwas mit den Morden zu tun hatte.

Ein überzeugter Kämpfer für die fränkische Sache, der sich den Namen ›Ice Cube‹ gibt? Hm ...

5. DEZEMBER

»Dante Wischnewski hier.«

Verschlafen drückte Katinka das Handy an ihr Ohr.

»Sie wissen noch, wer ich bin?«

»Ein übereifriger Volontär bei der Zeitung.« Katinka setzte sich im Bett auf. Es war halb acht, draußen klebte Nebel vor den Fenstern. Der Himmel hätte um Mitternacht nicht dunkler sein können.

Dante lachte.

»Ich habe gestern ein bisschen recherchiert.«

»Ich auch. Ice Cube und Söhne.«

»Den meine ich nicht. Die Coburger Polizei hat den Lichterkettenfritzen gefilzt. Er hat da eine Palette Glühweingewürz in seiner Garage.«

»Aber das besteht nicht aus Nikotin, oder?«

»Nein. Und aus Mutterkorn auch nicht.«

Woher weiß er das mit dem Mutterkorn?, wunderte sich Katinka. Das ging doch noch gar nicht an die Presse.

»Jedenfalls«, beeilte sich Dante, und Katinka hörte im Hintergrund hektische Stimmen, »fanden sie erhöhte Mengen an Chemikalien, Pestiziden und – Lackresten! Die Gewürze werden irgendwo in Bulgarien oder so auf lackierten Rosten getrocknet und nehmen die Substanzen aus den Lacken auf.«

»In gesundheitsgefährdenden Mengen?«, fragte Katinka, während sie aus dem Bett stieg und in die Küche tappte.

»Es ist genug Gift drin, um das Zeug aus dem Verkehr zu ziehen. Aber so direkt dran sterben würde man erst mal nicht.«

»Woher haben Sie das?«

»Ich habe vor, demnächst Medizin zu studieren.« Dante räusperte sich. »Bin sozusagen angehender Wissenschaftsjournalist. Der Fränkische Tag ist nur eine Zwischenstation.«

»Auf dem steilen Weg nach oben. Trotzdem danke für den Tipp. Und halten Sie sich mit Glühwein zurück.«

»Von dem Zeug kriegt man sowieso den Glimmer!«

Sie legten auf. Katinka trank zwei Tassen Milchkaffee, zog sich an und stieg in ihren Beetle. Sie hatte nichts Besonderes zu tun, und eine Fahrt nach Coburg wäre eine willkommene Abwechslung vom üblichen Standard.

Der Weihnachtsjunkie saß in seiner Garage auf seinem Berg und blickte trübsinnig vor sich hin.

»Sie auch schon wieder?«, begrüßte er Katinka. »Allmählich habe ich genug von kriminalisierenden Besuchern.«

»Guten Morgen, Herr …«

»Bergmann. Helmut Bergmann.«

»Herr Bergmann. Da haben Sie ja ganz schön …«

»… tief ins Klo gelangt. Woher soll ich denn wissen, dass mein Glühweingewürz mit Lack verseucht ist! Ich beziehe das seit Jahren. Da hat nie einer auch nur ein Stäubchen beanstandet. Möchten Sie einen Chai?«

Katinka sagte »ja«, weil ein kleines Entgegenkommen bei Getränken oft den Redeschwall des Gegenübers beschleunigte. »Wo kaufen Sie denn Ihre Gewürze?«

»Die bestelle ich schon seit 1996 über Claudius.« Bergmann setzte seinen Wasserkocher in Betrieb und gab drei Löffel ockerbraunes Pulver in einen Becher.

»Wie?« Katinka wurde hellhörig. »Claudius Gefell?«

»Klar, kennen Sie ihn?«

Katinka nickte und dachte an das Chili, das sie gestern Abend großzügig in ihre Suppe gestreut hatte.

»Ist ein alter Kumpel von mir. Er hat auf dem Coburger Weihnachtsmarkt einen Stand und …«

»Moment. In Coburg auch?« Sie dachte an die geduckte Bude in der Bamberger Innenstadt.

»Claudius ist ein cleverer Geschäftsmann. Big Business in Gewürzen. Ist in ganz Franken präsent. Glauben Sie, dass er von der Kocherei leben kann?« Das Wasser brodelte, und Bergmann übergoss Katinkas Chai.

»Wahrscheinlich nicht.«

»Eben.« Er schäumte Milch in einer Stempelkanne auf. »Daher die Gewürze.«

»Haben Sie das auch der Polizei erzählt?«

»Ich fürchte, die nehmen Claudius die Bude auseinander. Und die Studenten auch, die sich für ihn den Arsch abfrieren.«

Katinka fuhr in die Innenstadt und sah sich auf dem Weihnachtsmarkt um. Überall dasselbe: Lichter und Kerzen und Trallala, Holzspielzeug, Lametta, Pyramidenkerzen. Sie hatte nicht viel für diesen süßlichen Adventsverschnitt übrig. Ein Stand war verschlossen. Auf das rot-weiße Band hatte die Polizei verzichtet. Gefells Weihnachtsbude war ja kein Tatort.

Katinka fuhr nach Hause, steckte ihr Chilipäckchen in eine Plastiktüte und wollte das Haus wieder verlassen, als ihr ein Gedanke kam. Sie schaltete ihren Laptop ein und gab ›Gewürze‹ und ›Claudius Gefell‹ als Suchbegriffe ein. Sekunden später blinkte die Zeile ›Claudius Gefell – Hot Spicy Business‹ auf ihrem Bildschirm.

»Hätte mich auch gewundert, wenn er sich das Internetgeschäft entgehen ließe«, murmelte sie, fuhr das Gerät herunter und machte sich auf den Weg zur Polizeidirektion.

Lackreste im Glühweingewürz mögen nicht besonders gesund sein; aber eine Mordwaffe sind sie auch nicht und damit nicht vergleichbar mit Mutterkorn und Nikotin – oder?

6. DEZEMBER

»Vom Internet habe ich wirklich die Schnauze voll.« Hardos graue Augen leuchteten, als die Bedienung ihm ein Rauchbier hinstellte. »Prost!«

»Zum Wohl!« Katinka hob ihren Krug.
»Was ist jetzt mit den Gewürzen?«

»Gefell ist sauber. Außer im Glühweingewürz haben wir nirgendwo was gefunden. Auch nicht in deinem Chili. Alles unter den Grenzwerten.«

Katinka sah sich um. Sie saßen im ›Spezial‹ in der Königstraße. Am Nikolaustag hockten einige Spaßvögelchen mit Nikolausmützen inklusive blinkendem Zipfel am Stammtisch. Ansonsten war alles wie immer. Dicht gedrängt, laut, voll, das Essen deftig, das Bier ein Gedicht.

»Also eine falsche Spur.«

»Vermutlich. Du kennst doch Floriane?«

»Deine Cousine zweiten Grades bei der Zulassungsstelle?«, unkte Katinka. Hardo hatte kaum Verwandte. Dennoch achtete er peinlich genau auf die exakte Bezeichnung des Verwandtschaftsgrades.

»Sie ist mit Gefell in die Schule gegangen. Die beiden waren sogar mal ein Paar.«

»Ich breche zusammen.«

Hardo sah Katinka scheel an. »Wie bitte?«

»Ich meine, vor Hunger.« Katinka lachte. »Gefell verkauft im Internet. Hot Spicy Business.«

»Von irgendwas muss der Mensch leben. Von seinen Kochbüchern kann er sich definitiv nicht ernähren.« Hardo senkte die Stimme. »Wir haben seine Einnahmen diskret unter die Lupe genommen. Mit den Büchern verdiente er im letzten Jahr exakt 124,37 Euro.«

»Bombig.«

Die Bedienung knallte ihnen zwei Teller mit Schnitzel vor die Nase. Hardo hatte schon sein Besteck in der Hand.

»Wovon lebt er dann?«, erkundigte sich Katinka.

»Von seinen Kochkursen. Beim TV hätte er auch nicht den großen Reibach gemacht. Das sieht alles immer so grandios aus. In Wahrheit hungern sich die Leute von A nach B.«

»Aber er kocht doch auch«, warf Katinka ein. »In Gasthöfen in der Region.«

Hardo zuckte die Schultern. Die Hälfte seines Schnitzels hatte er schon verschlungen.

»Und wie sieht's mit dem persönlichen Umfeld der Opfer aus? Hat sich da was ergeben?«

»Nichts, was irgendwie aussagekräftig wäre. Motive sind da, aber keine ausreichend starken. Außerdem ist das größte Rätsel einfach die Mordwaffe.«

»Im Netz kannst du dir alles beschaffen.«

»Nicht nur im Netz.« Hardo schob sich eine Gabel voll Pommes in den Mund und war für eine Weile beschäftigt.

Katinka sah zur Tür. »Der kann aber schon weit gucken«, murmelte sie.

Ein Mann mit glasigem Blick tapste durch die Gaststube. Er hatte Schlagseite wie ein lecker Fischerkahn und fixierte Hardos Teller.

»Ich glaube, da will jemand was von dir«, sagte Katinka.

»He, Kommissar X«, sagte der Mann, blieb vor ihrem Tisch stehen und stützte die Hände auf die Platte. Er stank nach Schnaps und Zigarettenrauch. Seine Finger waren rot von der Kälte. Scheint Spaß zu machen, den halben Abend draußen zu verbringen, um zu rauchen, dachte Katinka.

»Muss man euch eigentlich erklären, wie ihr eure Arbeit machen sollt?«

Hardo aß ungerührt sein Schnitzel fertig. Beim Essen ließ er sich ungern stören. Außerdem wusste Katinka nur zu genau, wie viele Spuren ihr ›Kollege‹ von der Kripo gerade in Wirtshäusern aufsammelte. Freiwillig und unfreiwillig.

Der Mann kramte in seiner Hemdtasche und förderte ein mehrfach gefaltetes DIN A 4-Blatt zutage. »Hier. Böse Geschichte, was?«

Katinka griff nach dem Zettel. Ein Ausdruck aus dem Internet. Gedruckt am 28.11. Verdammte Kontrolle, dachte sie.

»24 Tote bis Weihnachten. Wir sagen euch, das wird ein Spaß. Eure Anarchisten.« Sie las die URL. Süddeutscher Anarchistentwitter. Sie reichte Hardo den Zettel. »Was ist das denn?«

»Ich sag's ja: Der Steuerzahler muss für euch noch die Arbeit erledigen.« Schwankend ließ der Informant die Tischplatte los und wäre um ein Haar auf Hardo gekippt.

Er fing sich gerade noch, machte ein paar taumelnde Schritte rückwärts, hob die Hand zum Gruß und ging.

Katinka trat an den Tresen, wo ein Typ in gestreiftem Hemd Bier zapfte. »Wer war'n das?«, fragte sie.

»Max Rauhut. Wer will das wissen?«

»Katinka Palfy.«

»Ach, Hardos neue Flamme?«

Katinka tippte mit dem Zeigefinger gegen das gestreifte Hemd. »Keine Fragen zum Privatleben gestattet.«

Er zuckte die Achseln. »Max ist ein Junkie. Qualmt, säuft und hängt im Internet ab. Sein Hobby sind Verschwörungstheorien. Die Schweinegrippe ist eine außer Kontrolle geratene Biowaffe und die Amis haben ihre Türme selbst in Schutt und Asche gelegt. Den kann man nicht ernst nehmen.«

Vielleicht doch, dachte Katinka und ging zurück zu Hardo. Er hatte ihren Schnitzelrest gleich mit vernichtet.

»Ich muss ins Büro«, sagte er, während er sich den Mund abwischte und seine Brieftasche zückte. »Da schauen wir doch mal nach.«

»Ich begleite dich.«

Hardo verzog das Gesicht. Eine Grimasse zwischen einem Lächeln und einem hilflosem ›Das-habe-ich-mir-gedacht‹.

Verschwörungstheorien hin oder her – 24 Tote bis Weihnachten anzukündigen, ist doch eine ziemliche Geschmacklosigkeit!

7. DEZEMBER

»Ödnis, soweit das Auge reicht«, bemerkte Dante Wischnewski und nippte an seinem Heidelbeerglühwein. »Puh, von dem Zeug gehen einem die Haare hoch.«

Davon hast du ja nicht mehr viele, dachte Katinka. Sie hatte ihren Punsch nicht angerührt. Nieselregen, Pfützen, Filzhausschuhe und Plastiktischtücher waren nicht gerade das, was ihr Herz begehrte. Dantes Einladung, sich auf dem Weihnachtsmarkt zu treffen, war sie nur deshalb gefolgt, weil sie sich auf keine andere Arbeit konzentrieren konnte und sich immer noch nicht sicher war, ob sie den Stalker als Ein-Personen-Rollkommando einschüchtern oder lieber keinen Ärger riskieren sollte. Sara Kaiser hatte sich auch nicht wieder gemeldet. Offenbar war ihr die Sache nicht wirklich wichtig.

»Der Nikolaus ist aber spät dran«, sagte Katinka und deutete auf den guten Onkel im roten Kostüm.

»Osterhasi«, piepte Dante im Versuch, Gerhard Polt zu imitieren, was ihm nicht schlecht gelang.

»Ich werde verrückt.« Katinka lachte auf. »Das ist doch Claudius Gefell!«

Dante hatte schon seine Kamera gezückt und lief dem Nikolaus nach. Der Kochbuchautor wandte sich um, lächelte in die Kamera und winkte mit seiner neuesten Veröffentlichung im Arm. Katinka kniff die Lider zusammen, um den Titel lesen zu können: ›Verschärfte Weihnacht!‹

»Ist das eine PR-Aktion, um Ihr Kochbuch bekannter zu machen?«, fragte Dante emsig, ein Notizbuch und einen Stift aus seinem Rucksack angelnd.

Gefell, dessen Mondgesicht unter Bart und Nikolausmütze kaum zu erkennen war, murmelte eine Antwort und drehte sich von Dante weg.

Was hat der denn?, dachte Katinka. Hat er Schiss vor der Presse?

»Wie gehen Sie mit den polizeilichen Ermittlungen in Ihrem Gewürzhandel um?«, bohrte Dante.

»Ich bin mir keiner Schuld bewusst«, erwiderte Gefell. »Meine Ware ist immer absolut sauber gewesen.« Er hielt sein Buch hoch. »Ich verderbe mir doch nicht selber das Geschäft. ›Verschärfte Weihnacht‹ – pikante Rezepte zu

Weihnachten. Basieren auf meinen eigenen Gewürzmischungen. Das ist meine Spezialität: Mach das Kochen einfach, indem du Gefells Würzmixe verwendest.«

»Kann ich ein Rezensionsexemplar kriegen?«

»Klar.« Gefell strahlte, als hätte ihm eben jemand 100 Exemplare abgekauft.

Dante steckte dem fränkischen Starkoch seine Visitenkarte in die Manteltasche und kam zurück zu Katinka. »Brrr, kalt schmeckt das Zeug überhaupt nicht.« Er schob seine Punschtasse weg.

»Das schmeckt weder kalt noch warm«, entgegnete Katinka. »Aber ich glaube, jetzt kriegen wir etwas Exklusives zu sehen.«

Ein Mann, rotes Strubbelhaar, fast zwei Meter groß und untersetzt, mit Ohren wie Rhabarberblätter, löste sich vom Tresen einer Bratwurstbude und ging hinter Gefell her. Packte ihn am Mantel, zerrte ihn herum. Gefell war so überrascht, dass er sich nicht einmal wehrte, als der Riese ihm sein Buch aus der Hand riss, damit in der Luft herumfuchtelte und es schließlich in die nächstbeste Pfütze schleuderte. Katinka machte einen Schritt auf ihn zu, aber Dante packte sie am Ärmel. »Warten Sie, bis es interessant wird.«

»Bist du nicht ganz dicht?«, beschwerte sich

Gefell, aber Katinka sah ihm an, dass er Angst hatte. Seine Augen wurden ganz rund, und der Schweiß rann ihm in den silbernen Kunstbart.

»Verschärfte Weihnacht – so ein Quatsch. Du solltest dich lieber mal verschärft für unsere Sache einsetzen!«

»Ich bin Koch. Euer Gezänk ist mir zu albern.«

Inzwischen hatten sich etliche Weihnachtsmarktbesucher umgedreht und verfolgten gebannt die Auseinandersetzung. Das war etwas anderes als Plätzchenformen und Kugelkerzen, wie man sie jedes Jahr seit Menschengedenken kaufen konnte.

»Eben weil du Koch bist!« Der Riese trat so nah an Gefell heran, dass Katinka dachte, er würde ihn zermalmen. »Und du weißt, wir vergeben jedes Jahr Frankens goldenen Kochlöffel. Wenn du dich ranhältst – ach, vergiss es.«

Gefell taumelte ein paar Schritte rückwärts und kullerte gegen eine Frau, die einen Rollator inklusive sich selbst durch die Budenreihen schob. Sie geriet aus dem Gleichgewicht und wurde von einem Punk mit Nietenjacke aufgefangen.

»Sorry, Oma!«, sagte der.

»Lass mich in Ruhe, du ... du ...«, plusterte Gefell sich auf.

»Ein Preis wäre deine Rettung«, polterte der Zwei-Meter-Mann. »Dann würde man dich wenigstens mal wahrnehmen. Tu was für Franken!«

Katinka stieß sich vom Tisch ab. »He, mach langsam«, sagte sie und drehte dem Riesen den Arm auf den Rücken. Ein paar Tricks beherrschte sie aus dem Effeff, und üblicherweise hatte sie als zierliche Frau den Überraschungseffekt auf ihrer Seite.

»Spinnst du, du Schlampe?«

»Genau der richtige Ton, um ordentlich Ärger zu kriegen.«

»Das ist privat hier«, tobte der Riese, aber der Schmerz in seinem Arm hielt ihn davon ab, seinen wütend hervorgestoßenen Verwünschungen Taten folgen zu lassen.

Dante würde in der nächsten Ausgabe des Lokalteils berichten, wie die von aufgeregten Passanten herbeigerufene Fußstreife den Streit schlichtete und den Riesen mit Ermahnungen zurück in die Weihnachtskultur schickte.

Katinka jedenfalls wischte sich die Hände an den Jeans ab. »Haben Sie die Ohren von dem Kerl gesehen?« Die neugierigen Blicke der Leute um sie her ignorierend, stellte sie sich wieder zu Dante an den Tisch.

»Sie gehen ja ran.«

»War das wieder so ein militanter Heimatpfleger?«

»Sieht so aus.« Dante klickte auf dem Display seiner Digitalkamera herum. »Sie sind richtig fotogen.«

»Unabhängig davon – ich muss arbeiten gehen!« Katinka nickte ihm zu.

»Es gibt kein Muss in der Kunst, denn die Kunst ist frei.« Dante grinste breit.

»Wo haben Sie das denn her?«

»Kandinsky.«

»Na, wenn Sie sonst keine Probleme haben ... ich ernähre mich jedenfalls nicht von Kunst.«

»Lebenskunst«, rief der Jungvolontär und angehende Wissenschaftsjournalist ihr nach, »ist auch eine Kunst!« Doch Katinka war schon Richtung Heumarkt auf und davon.

Der Mann mit den Rhabarberblattohren scheint der Gewalt gegenüber nicht abgeneigt zu sein. Ist Gift nicht eher eine subtile, hinterhältige Mordwaffe?

8. DEZEMBER

Dante erwies sich als zuverlässig und mailte Katinka seine schönsten Fotos vom gestrigen Zweikampf auf dem Weihnachtsmarkt. Katinka leitete den Anhang an Hardo weiter. Anschließend machte sie sich im Internet auf die Suche. ›Frankens goldener Kochlöffel‹ wurde von einem Verein vergeben, der sich ›Stamm der Franken‹ nannte und mit dem Preis ein außerordentliches Engagement für das Brauchtum der Region honorierte. Allerdings war der Preis undotiert. »Armer Claudius«, sagte Katinka laut zu sich selbst. Der Verein schien nicht allzu viele Mitglieder zu haben, was niemanden besonders erstaunen konnte. Katinka klickte auf ›Vorstand‹. Der Rotschopf mit den Rhabarberohren grinste in die Kamera, sein Name stand unter dem Foto: Elmar Kraut. »Na bitte.« Glucksend vor Lachen schickte Katinka den Link an Hardo. Dann schloss sie die Detektei und machte sich auf zur Oberen Brücke.

Gefell wuselte in seinem Stand umher. »Ach, Frau Palfy! Gestern konnte ich mich gar nicht bedanken. Mann, hat mir der Knallkopf einen Schreck eingejagt!«

»Sie verkaufen wieder?«

»Mein Glühweingewürz hat der Staatsanwalt beschlagnahmt. Aber irgendwie muss es ja weitergehen.«

Es gibt kein Muss in der Kunst, überlegte Katinka und lächelte.

»Sie haben gut grinsen! Wissen Sie, wie ich, wie wir«, er holte mit dem Arm aus, »auf das Weihnachtsgeschäft angewiesen sind? Ab Januar will ja keiner mehr Geld ausgeben.«

»Kein Wunder, wenn man in Elchmützen mit roten Nasen und allerhand anderen Quatsch investiert.«

»Sie sagen es.« Gefell griff unter den Tresen und schob Katinka ein Exemplar ›Verschärfte Weihnacht‹ zu. »Persönlich von mir signiert. Für Ihr beherztes Eingreifen gestern.«

»Danke bestens. Sagen Sie, haben Sie mit Elmar Kraut öfters zu tun?«

Gefell wurde weiß um die Nase. »Woher kennen Sie …?«

»Berufskrankheit.«

»Stamm der Franken! Irgendwie haben die alle einen an der Waffel, Frau Palfy. Ich meine, ich esse auch lieber fränkisch als italienisch.«

Er machte eine Kunstpause. In die Stille hinein klingelte Katinkas Handy.

»Hallo?«

»Wenn Sie wollen, schauen Sie doch mal am Schönleinsplatz vorbei«, säuselte Dante in den Apparat. »Da ist allerhand los.« Er legte auf.

»Entschuldigen Sie die Unterbrechung.« Katinka steckte das Handy weg.

»Schon recht.« Gefell schien den Faden verloren zu haben. »Brauchen Sie noch eine Würzmischung?«

»Ich studiere erst mal Ihr Buch«, wiegelte Katinka ab und blätterte den Band auf. ›Für Katinka Palfy mit den herzlichsten Grüßen, Ihr Claudius Gefell.‹ »Danke noch mal!«

Sie navigierte durch die Menschenmassen in der Langen Straße. Diejenigen mit den dicken Tüten wirkten weniger genervt als diejenigen ohne Tüten. Wahrscheinlich, weil sie ihre Geschenke schon beisammen haben, dachte Katinka. Selbst hatte sie immer noch keine glorreiche Idee, was sie Hardo zu Weihnachten unter den Baum legen sollte.

Die lebensgroße Krippe am Schönleinsplatz war pünktlich zum ersten Advent aufgebaut worden. Umtost vom Verkehr standen der Verkündigungsengel und Maria einander gegenüber, beschirmt von einem gewaltigen Weihnachtsbaum und aus der Ferne kritisch beäugt von Johann Lukas Schönlein. Die Büste von Bambergs berühmtem Arzt residierte im Winterhalbjahr unter einem schützenden Überbau mit Glasfront, der an ein futuristisches Vogelhäuschen erinnerte. Allerdings sah Maria heute ziemlich verändert aus.

»Ich sage Ihnen was: Sie ist es gar nicht«, raunte Dante, wie aus dem Nichts aufgetaucht, Katinka ins Ohr.

»Ihnen rast wohl der Kittel! Müssen Sie mich so erschrecken?«, fauchte sie ihn an.

»Ich dachte, nichts und niemand könnte Ihnen Angst einjagen. So wie Sie den Riesen mit den Ohren unschädlich gemacht haben …«

Katinka drängte sich durch die Schaulustigen. Statt Maria hielt eine Sexpuppe eine Unterredung mit dem Engel. Sie war nackt bis auf den Hauch einer roten Korsage aus Samt, die knapp über den Brüsten und am Slip mit weißem Kunstpelz besetzt war. In ihren Armen hielt die Puppe ein Schild: ›Achtet die Würze des Lebens!‹

»Toll gemacht, was? Soll ich Ihnen wieder eine Fotostrecke zuschicken?«

»Sie nerven, Wischnewski!« Katinka hatte

Polizeiobermeisterin Sabine Kerschersteiner entdeckt. Die beiden Frauen waren seit Langem dicke Freundinnen. Erst vor Kurzem war Sabine befördert worden. Jetzt schmückten drei Sterne ihre Uniformjacke. »Sabine!«

»Mensch, Katinka! Weihnachten ist immer eine Rammelbude, aber dieser Advent übertrifft alle Erwartungen.«

»Irgendwie sieht das ja witzig aus.«

»Sag das bloß nicht zu laut. Sonst haben wir auch noch demonstrierende Katholiken am Hals.« Die Polizistin strich sich ein paar blonde Strähnen aus dem Gesicht. »Hardo kommt gleich. Wir können eine Verbindung zu den Mordfällen nicht ausschließen.«

»Nur wegen eines Wortes? ›Würze‹?«

Sabine zuckte die Achseln und begann, die Neugierigen von der Krippe wegzudrängen, damit ihre Kollegen den Tatort absperren konnten.

»Das ist ein Scherzkeks«, sagte Katinka zu sich selbst. »Ein Trittbrettfahrer, einer, der Weihnachten nicht mag oder einfach witzig sein will.«

»Bin der gleichen Meinung.« Dante spross wie Spargel neben Katinka aus dem Boden. »Habe ich Sie wieder erschreckt?«

Katinka verdrehte die Augen.

»Zigarette?« Er hielt ihr die Schachtel hin.

»Danke.«

»Gern. Kaufen Sie sich doch einfach mal selber welche.«

Maria wurde entführt. Ein Scherz? Blasphemie? Oder ein Indiz?

9. DEZEMBER

Katinka lag noch im Bett, als Hardos Klingelton ihr Handy vibrieren ließ.
»Morgen, Hardo!«
»Eine dritte Tote. Gestern auf dem Kochkurs in Haßfurt.«
»Warum hast du nicht längst angerufen?«
»Kollegin Ruth Stein bearbeitet den Fall«, erwiderte Hardo. »Sie hat mich vorhin erst verständigt. Und warum liegst du noch im Bett? Nichts zu tun?«
»Schweinegrippe.«
»Spinnst du?« Er hörte sich tatsächlich ein klein wenig besorgt an.
»Nenn es Elefantengrippe, Vogelgrippe oder SARS. Nein, ich bin nur müde und bereit für den Winterschlaf.«
»Damit wird es so schnell nichts werden. In fünf Minuten stehe ich vor deiner Tür und hole dich ab.«
Während Katinka in ihre Jeans sprang und einen dicken Pulli überstülpte, fragte sie sich, warum Hardo sie zurzeit so bereitwillig in die Ermittlungen einbezog. Es hatte Zeiten gege-

ben, in denen er sich mit Händen und Füßen gewehrt hätte, sie zu einem Tatort mitzunehmen. Jede klitzekleine Information hatte sie ihm aus dem Kreuz leiern müssen.

Ruth Stein, die resolute Hauptkommissarin in Männerhemd und Cordhosen, streckte erst Katinka, dann Hardo die Hand hin. Ihr krauses Haar stand wie Stacheldraht in alle Richtungen davon. »Mysteriös. Wieder dasselbe Muster. Die Starköchin ist zusammengesackt. Wir haben sie ins Klinikum geschafft.«

»Die kommt auch nicht mehr aus dem Krankenhaus raus«, sagte Katinka.

»Im Augenblick spinnt ohnehin jeder.« Ruth Stein hob einen Ordner vom Tisch und ließ ihn wieder auf die Platte krachen. »Setzen Sie sich. Kaffee? Sie waren doch kaffeesüchtig, wenn ich mich recht erinnere.« Ihre türkisblauen Augen scannten Katinka wie eine Überwachungskamera.

»Das kann man so sagen«, antwortete Hardo an Katinkas Stelle und legte ihr die Hand auf die Schulter. Ruth Stein blinzelte kurz, dann machte sie sich an einer Kaffeemaschine zu schaffen.

Sie weiß alles, dachte Katinka resigniert. Dass Hardo und ich versuchen, ein Paar zu sein. Nicht zusammenleben, die Nächte nur sporadisch miteinander verbringen, aber ohne einander nicht mehr können. Ruth Stein verdiente eine Eins mit Stern im Fach Menschenkenntnis.

»Das Opfer heißt Hilde Fromm, knappe 80 Jahre, aus Haßfurt. Im Ort bekannt als passionierte Köchin. Sie hat sogar schon selber an der VHS Kochkurse gegeben. Vor einem Jahr hat sie damit aufgehört. Sie wollte sich schonen, sagt ihre Tochter, weil sie seit Längerem mit Herzrhythmusstörungen laborierte.« Ruth Stein stellte drei Tassen auf den Schreibtisch. »Außerdem litt Hilde Fromm an einem Symptom, das wohl ziemlich viele Menschen in ihrem Alter mal erwischt.«

»Nämlich?« Hardo sah irritiert zur Kaffeemaschine, die zu fauchen begann, als kröche ein über die Jahrtausende vergessener Drache aus seiner Höhle.

»Ihr Geschmackssinn verabschiedete sich. Vielleicht ist es wie mit dem Hören. Immer mehr Frequenzen schalten einfach ab.«

»Ganz schön ungünstig für eine leidenschaftliche Köchin«, warf Katinka ein.

»Exakt.« Ruth Stein klappte den Ordner auf und wühlte darin herum wie ein Maulwurf. Katinka erwartete, Papierfetzen durch die Luft wirbeln zu sehen, aber nichts dergleichen geschah. Ruth Stein tastete über den Schreibtisch, während sie versuchte, ein Blatt zu entziffern. Die Kaffeemaschine gab ein letztes Ächzen von sich und verstummte.

»Hier ist Ihre Lesebrille«, sagte Katinka sanft und reichte der Kommissarin ein quittengelbes Nasenfahrrad, das auf ihrem Schreibtischstuhl gelegen hatte. Hardo grinste.

»Danke. Nehmen Sie sich Kaffee.«

Katinka bewegte sich nicht von der Stelle. Schließlich ging Hardo, holte die Kanne und goss die drei Tassen voll.

Katinka und Ruth Stein tauschten ein konspiratives Grinsen aus, bevor die Kommissarin zu weiteren Erklärungen anhob: »Das Ergebnis aus der Rechtsmedizin: Vermutlich hat Hilde Fromm ein bisschen zu viel Digitalis verschluckt. Sie bekam Medikamente gegen die Herzrhythmusstörungen.«

»Moment«, wandte Hardo ein. »Sie hat ihre Medizin falsch dosiert?«

»Ihre Tochter hält das für unwahrscheinlich, denn Hilde Fromm war keineswegs weich im Hirn. Sie hatte ihren Kram unter Kontrolle.«

»Also hat ihr jemand das Digitalis untergemischt.« Katinka nippte am Kaffee. Er schmeckte wie der letzte Atemhauch einer vergifteten Ratte.

»Wir haben die Medikamentenbestände bei Hilde Fromm durchgesehen. Zusammen mit ihrer Tochter. Hilde ist mit ihren Tabletten nicht gerade ordnungsliebend umgegangen. Hier eine angebrochene Schachtel, dort eine halbvolle Dose ...«

»Sie können also nicht sagen, ob von den Medikamenten eine relevante Menge fehlt.« Hardo schnitt eine Grimasse, als er den Kaffee probierte, und stellte die Tasse auf der Fensterbank ab. »Mit Verlaub, Frau Kollegin, das Zeug kann man nicht trinken.«

»Dann lassen Sie es halt stehen.«

»Was ist mit den Zutaten, die im Kochkurs verwendet wurden?«, wollte Katinka wissen.

Ruth Stein trank ihren Kaffeebecher in einem Zug leer. »Wirklich nicht der Hit, diese Röstung. Die Zutaten aus dem Kochkurs sind sauber. Aber im Müll haben wir eine Büchse mit Bärlauchpesto gefunden. Selbstgemachtes.«

»Igitt«, sagte Katinka.

»Ich mag das schleimige Zeug auch nicht,

aber Hilde Fromm war nach Aussage ihrer Tochter verrückt danach.«

»Hat Hilde Fromm das Pesto im Kurs verwendet?«

»Hat sie. Laut Labor war eine ziemlich hohe Konzentration Fingerhut in der Paste.«

»Also Digitalis.«

»Genau, Frau Privatdetektivin.«

Die Tür sprang auf.

»Frau Stein?« Ein Uniformierter sah zu ihnen herein. »Am Main wurde eine Gondel gefunden. Mit einem toten Baby.«

»Baby?« Ruth Stein stülpte eine Baskenmütze über ihren Kopf.

»Babypuppe.«

»Moment, Gondel?«, fragte Hardo. »Vielleicht unsere Gondel?«

Ruth Stein sah zwischen Hardo und dem Uniformierten hin und her. »Ihre Gondel? Wollen Sie nach Venedig emigrieren oder was?«

»In Bamberg ist eine Gondel geklaut worden«, half Katinka aus.

»Man muss schizophren sein, um nicht verrückt zu werden«, sagte Ruth Stein.

Drei Tote bei Kochkursen mit derselben Lehrerin. Das kann kein Zufall sein, oder? Auch wenn wir uns bei Hilde Fromm mit ihren Herzproblemen nicht sicher sein können ... Aber wer hat etwas vom Ableben der drei kochenden Frauen? Cui bono?, wie der Lateiner fragen würde.

10. DEZEMBER

Katinka saß am frühen Morgen an Hardos Küchentisch und ließ den vergangenen Tag Revue passieren. Der rote Kirchturm draußen verschwamm im Nebel. Statt winterlichem Weiß kündigte der Tag Trübnis und Regennässe an. Abgesehen von dem prickelnden Abend, den sie und Hardo ohne nervige Unterbrechungen durch Telefon und Handy verbracht hatten, gab der 9. Dezember Katinka mehr Rätsel auf als ein Sudokuheft. Tatsächlich hatten sie am Main die Gondel wiedergefunden, die in Bamberg vermisst wurde. Nun war zu klären, wie sie dorthin gekommen war, ohne irgendjemandem aufzufallen. Über die Autobahn? Unwahrscheinlich, dachte Katinka und strich sich ein Honigbrötchen. Viel zu aufwendig. Also übers Wasser.

Die nackte Babypuppe, die auf den roten Samtkissen gelegen hatte, gab nicht weniger Anlass zur Sorge. Jemand hatte mit einem schwarzen Edding ›Die Landesgartenschau – ein Millionengrab‹ auf den Bauch der Puppe geschrieben.

Katinka blätterte durch die Zeitung auf der Suche nach einem Artikel von Dante Wischnewski. Schon seit Monaten stand die Stadt kopf wegen der im Jahr 2012 bevorstehenden Gartenausstellung. Wie üblich ging es dabei ums Geld, aber auch um Busparkplätze in Wohnstraßen, neu anzulegende Weinberge, zerstörte Streuobstwiesen, zum Abriss freigegebene alte Fachwerkhäuschen, die dem Architekten im Wege standen, und zu guter Letzt um einen Treidelpfad, dessen Wiederbelebung offenbar in die Millionen ging.

»Vielleicht hat einer die Gondel nach Haßfurt getreidelt«, sagte Katinka in die Stille von Hardos Küche hinein. »Hier haben wir ja was.« Der mit dem Kürzel *DaWisch* unterzeichnete Artikel hieß ›Fackeln fürs Flussbad‹; wieder ein Seitenhieb auf den Bamberger Stadtrat. Es ging um Katinkas Lieblingsbad im Hain, das obendrein zu Deutschlands ältesten Flussbädern gehörte. Katinka liebte es, in den Sommermonaten den Tag mit einem Bad im Fluss zu beschließen – oder zu beginnen, nach Lust und Laune. Gegen das Badeverbot, das urplötzlich aus fadenscheinigen Gründen radikal umgesetzt werden sollte, hatte sich die Bevölkerung mit Fantasie und Witz zur Wehr gesetzt.

Dante deutete in seinem Beitrag eine Verschwörungstheorie an, wonach gewisse Kreise in der Stadt die Liegenschaft an der Regnitz in 1 A-Lage dem Volk und seinem sommerlichen Badevergnügen zu entziehen trachteten, um mit potenten Geschäftspartnern Big Business zu machen. »Na, lange ist der talentierte Jungreporter nicht mehr bei der Zeitung«, seufzte Katinka und las weiter: ›Die Initiative zur Rettung des Hainbades lädt zum abendlichen Fackelschwimmen am Fluss ein‹, schrieb Dante. ›Mitmachen darf, wer möchte. Startschuss ist um 17 Uhr am Alten Kanal.‹

Katinka stand kurz vor fünf abends am Treffpunkt. Die Zuschauer drängten sich entlang des Alten Kanals unter den Brücken, die die Bürgerstadt mit dem klerikalen Bamberg verbanden, und standen ebenso dicht an dicht am gegenüberliegenden Uferweg, der das Rathaus Geyerswörth umrundete. Winterschwimmer in Neoprenanzügen ließen sich ganz relaxt zu Wasser. Manche hatten Nikolausmützen mit blinkenden Zipfeln über ihre schwarzen Kapuzen gezogen.

»Na, ich kann mir Schöneres vorstellen!«, sagte eine Frau neben Katinka.

»Aber zuschauen wollen Sie, oder?«, gab Katinka zurück.

»Sagen Sie, sind Sie nicht …«

»Das Busenwunder aus der Werbung. Nein, bin ich nicht.« Katinka ging es auf den Geist, dass sie in der Stadt immer wieder als ›die Privatdetektivin, die so oft in der Zeitung ist‹ erkannt wurde. Sie stieß sich vom Geländer ab und ging ein Stück weiter Richtung ›Weinfass‹ am Kanal entlang. Die Schwimmer plauderten und lachten, während sie auf das Startsignal warteten.

»Wie weit schwimmt ihr?«, rief sie in das dunkle Wasser, in dem sich an die hundert Fackeln spiegelten.

»Bis zur Konzerthalle. Wollen Sie mit?«

»Heute nicht.«

Zwei Schwimmer spannten ein Transparent zwischen sich auf: ›Wir verteidigen das Hainbad‹. Katinka sah einen Fotoreporter vom Fränkischen Tag am anderen Ufer herumstromern, wo sich das Land zu einer Insel verdickte und bis weit unter die Obere Rathausbrücke reichte. Ein paar Enten flogen auf und landeten wütend schnatternd im Wasser.

Jemand sprach durch das Megafon: »Willkommen, alle miteinander. Unsere heutige

Aktion drückt den Willen der Bamberger Bevölkerung aus, unser Hainbad in seiner heutigen Form zu erhalten und das völlig absurde Badeverbot ein für alle Mal auf den Schrottplatz zu werfen.«

Applaus. Fotoapparate blitzten. Der Redner machte noch eine Weile weiter, während einige Schwimmer einen mit einer Gummiente geschmückten Plastiksarg, auf dem ›Badeverbot‹ stand, in Position rückten.

Katinka beschloss, sich das Spektakel von der Markusbrücke ein Stück den Fluss runter aus anzusehen. Sie drängte sich durch die Menge und lief die Kapuzinerstraße entlang. Als sie zur Markusbrücke kam, befanden sich die Schwimmer bereits auf halbem Weg. Die alten Fischerhäuser im romantischen Klein-Venedig waren allesamt mit Lichterketten und Weihnachtsdekoration geschmückt.

»Kitschig, aber schön, oder?«, fragte jemand neben Katinka.

»Dante Wischnewski. Wie bewegen Sie sich in der Stadt fort, flutschen Sie aus den Gullis?«

Er lachte. »Es gilt, sich die besten Plätze rechtzeitig zu sichern.«

»Wenn Sie so weiterschreiben, sägen Sie sich den Zweig ab, auf dem Sie balancieren.«

»Hübsch gesagt. Aber ich bleibe ohnehin nicht lange beim FT. Sie wissen ja, die Wissenschaft ruft mich«, erwiderte Dante Wischnewski. Er trug eine Mütze mit Ohrenklappen und sah einfach verrückt aus.

»Mir schlottert das Trommelfell«, entgegnete Katinka.

Die ersten Schwimmer hatten die Brücke beinahe erreicht und wurden mit großem Hallo empfangen.

»Was treibt der denn da!« Katinka sah gebannt auf einen Mann, der zum Ufer hinuntertaumelte, gekrümmt, eine Hand vor den Bauch gepresst, die andere ausgestreckt, als suche er Halt.

»Da stimmt was nicht! Dante!« Katinka löste sich aus der Menge, rannte von der Brücke und bog rechts zum Ufer ab. Der Mann hatte die Wasserlinie beinahe erreicht. Er übergab sich, stolperte jedoch weiter, als wolle er in den Fischerkahn springen, der knappe zwei Meter vom Land entfernt festgemacht war und in der Strömung trieb.

»Halt, warten Sie!«, schrie Katinka. Hinter sich hörte sie Dante die Böschung herunterschlittern.

Der Mann reagierte nicht. Er richtete sich

kurz auf, keuchte, ließ ein durchdringendes Stöhnen hören und kippte dann in den Fluss, mit dem Gesicht nach vorn.

Katinka ruderte mit den Armen. Sie stand schon im Wasser, winkte den Schwimmern, ihr zu helfen, den leblosen Körper an Land zu ziehen. Dante tauchte an ihrer Seite auf. Gemeinsam mit einem der Schwimmer, der aus dem Wasser gestiegen war, versuchte er es mit Mund-zu-Nase-Beatmung. Doch ohne Erfolg. Der Mann war tot. Dante schloss ihm die erstaunten Augen. Aus Richtung Löwenbrücke hörte Katinka ein Martinshorn. Frustriert und zitternd vor Kälte kletterte sie die Böschung zur Straße hinauf.

In Franken scheinen in diesem Advent eine Menge Protestler auf dem Kriegspfad zu sein. Geht es bei den Morden womöglich um ein höheres Ziel?

11. DEZEMBER

»Karl Spree ist ermordet worden.« Hardo betrachtete Katinka skeptisch. »Bist du o. k.?«

»Ja, klar. Bisschen viel Morde in letzter Zeit.«

»Und kalte Füße.« Hardo wog eine Akte in der Hand. »Wieder Digitalis. Außer Punsch und Fingerhut hatte das Opfer nicht viel im Magen.«

»Gibt's nicht.«

»Gibt's doch.« Er warf das Konvolut auf seinen Schreibtisch und kramte in einer Schublade herum.

»Hardo, das Komische ist: Ich glaube, ich kenne den.«

Hardo hob den Kopf. »So?«

»Wenn mich nicht alles täuscht, war dieser Karl Spree auch bei Caro Terentos Bamberger Kochkurs dabei. Er brutzelte ein Hähnchenbrustfilet alla barbaresca und war ziemlich verblüfft, als die Ofenstallerin ihren Veitstanz aufführte und sich an sein Knie schmiegte, während sie miaute wie eine Katze.«

»Bist du sicher, dass er den Kochkurs mitgemacht hat?«

»So sicher, wie man sein kann, wenn man denselben Typen tot aus dem Fluss fischt.«

»Verdammt. Meine Leute nehmen sein Leben auseinander. Aber anders als Hilde Fromm aus Haßfurt hat Spree keinerlei Medikamente genommen. War wohl immer sehr gesund, der Gute.«

»Vermutlich war er gesund, *weil* er keine Tabletten geschluckt hat.«

»Das lenkt natürlich unsere Ermittlungen in eine andere Richtung«, sagte Hardo. »Alles kurvt um diesen verdammten Kochkurs.«

»Was ist mit Ice Cubes Blog? Mit dem Anarchistentwitter? Dem Stamm der Franken?«

»Alles nicht aussagekräftig genug. Glaubst du, diese Typen planen Mord für Mord, nur weil sie ein Problem damit haben, mit anderen Lebensentwürfen außer dem fränkischen konfrontiert zu werden?«

»Alle Opfer sind mit Caro Terentos Kochkurs verbunden. Das ist doch augenfällig.«

»So weit bin ich auch schon gekommen«, bemerkte Hardo ironisch. »Aber was bedeutet das jetzt? Dass jemand Caro Terento ausschalten will, indem er ihre Kunden vergiftet?«

»Zumal Spree ja nicht während des Kurses zusammengebrochen ist, sondern später. Woher stammte das Digitalis, das ihn umgebracht hat?«

»Keinen Schimmer. Bei ihm zu Hause haben wir nichts gefunden. Hör mal, heute Abend findet im Rioclub eine Krimilesung statt. Die lokalen Autoren stellen ihre neuesten Geschichten vor. Ich kann hier nicht weg, schaust du vorbei?«

»Undercover?«

»Wenn's der guten Sache dient.«

Seit der Rioclub rauchfrei war, hatte er einen Großteil seines einstigen Charmes verloren. Die Stockflecken an den Wänden waren ohne Rauchschwaden nun genauso deutlich zu sehen wie die seit Jahrzehnten an den Decken schwebenden Spinnweben. Dante Wischnewski saß mit einer Flasche Bionade in der ersten Reihe vor dem Tapetentisch, auf dem die drei Autoren ihre Bücher aufgebaut hatten.

»Du liebe Zeit, Ihnen kann man ja nicht entkommen«, grinste Katinka und ließ sich neben ihn auf einen Stuhl plumpsen.

»Sie müssen zugeben, dass meine Wiederbelebungsmaßnahmen gestern absolut professionell waren.«

»Dennoch ist der Mann gestorben.«

»Wofür ich nichts kann. Psssst, es geht los.«

Katinka lauschte den Geschichten nur halbherzig. Ihre Gedanken machten sich selbstständig, kreisten immer wieder um die eine Frage: Wem dienten die Morde? Am Ende doch Caro Terento? Weil sie auf diese Weise Publicity bekam, die einem Kochkurs sonst nie zuteil wurde?

Dantes Ellenbogen knallte in Katinkas Rippen.

»He!«

»Aufpassen!« Dante saß nach vorne gebeugt da wie ein Jockey. »Hören Sie zu, Mensch!«

»Der Streik der Unterhunde«, las einer der Krimiautoren vor, ein magerer Kerl mit einer Brille, deren schwarze Ränder seine unnatürlich großen Augen umrahmten. Er trug einen verknitterten Anzug und war nervös.

»Was sind denn Unterhunde?«, raunte Katinka Dante zu.

»Underdogs. Eine direkte Übersetzung aus dem Englischen. Unterlegene, Verlierer, Getretene. Soll wahrscheinlich ein Wortspiel sein. Hören Sie halt zu!«

Uff, dachte Katinka. Nach verbalen Spitzfindigkeiten stand ihr überhaupt nicht der Sinn. Doch drei Sätze später wurde sie hellhörig. Der Autor schrieb über die Mordserie in Bamberg. Die Motive lägen in der zunehmenden Armut der Menschen. Manche könnten sich kein vernünftiges Weihnachtsessen leisten, während andere komplizierte Lifestyle-Gerichte aus überteuerten Zutaten komponierten. »Der Held ging nach Hause. Und beschloss, künftig die Würze des Lebens anderswo zu suchen«, schloss der Autor.

Blödes Ende, dachte Katinka. Aber wo habe ich das schon einmal gelesen, ›die Würze des Lebens‹?

Während das Publikum noch verhalten applaudierte, hob Dante die Hand.

»Dante Wischnewski, Fränkischer Tag. Sagen Sie: Haben Sie die Maria aus der Krippe genommen?«

Sein Hirn schaltet einfach schneller, dachte Katinka. Klar! ›Die Würze des Lebens‹: die Sexpuppe in der Krippe am Schönleinsplatz!

*Konkurrenz und Rivalität ist in jeder beruflichen
Phase eine lästige Angelegenheit ...*

12. DEZEMBER

»Wir haben einfach zu viele Baustellen«, seufzte Sabine Kerschensteiner und schob die langen Beine unter den Bistrotisch. »Wir haben die Anarchos, Ice Cube, den Lichterkettenfreak mit seinem chemischen Glühweingewürz, die verschwundene Maria und die Sexpuppe. Die geklaute Gondel. Die Kämpfer gegen die Landesgartenschau und die Hainbadfreunde.«

»Na ja, die letzten beiden sind harmlos«, wandte Katinka ein. Hungrig stieß sie die Gabel in ihren Schokoladenkuchen. Sabine genoss ihren freien Tag, und sie hatten sich im Cador getroffen, um die Lage durchzusprechen. Hardo hatte sich schon um 6 Uhr an diesem Morgen in die Polizeidirektion aufgemacht. Als Ermittlungsleiter hat er wirklich keinen leichten Stand, dachte Katinka.

»Gerade Leute, die sich für legitime Sachen einsetzen, werden manchmal militant«, widersprach die Polizeiobermeisterin.

»Danke für die Belehrung. Was sagst du zu der Short Story?« Katinka hatte Sabine über ihren literarischen Abend ins Bild gesetzt.

»Fantasiegebilde. Marvin Kahl springt auf einen Zug auf, der gerade gemütlich vor seiner Nase vorbeituckert. Typisch für Schriftsteller.«

»Ehrlich gesagt habe ich von dem Kerl bislang nicht eine Zeile gelesen.« Katinka trank ihren Milchkaffee aus. »Du?«

»Nichts. Er lebt noch nicht lange in Bamberg. Seit dem Sommer. Ist zur Sandkirchweih hergekommen und dann hängen geblieben.«

Die beiden Frauen sahen einander an. Sabine konnte sich das Lachen nicht mehr länger verkneifen. »Du meinst, wir sollten mal …?«

»Zahlen!«, rief Katinka zur Theke hinüber.

Marvin Kahl wohnte am Abtsberg in einem kleinen, zurückgesetzt stehenden Haus mit Blick auf die imposanten Mauern des Klosters Michaelsberg. Er hat grüne Augen, stellte Katinka erstaunt fest, während sie sich und Sabine vorstellte: als zwei ausgesprochene Krimifans, die Autogramme von Autoren sammelten und untertänigst um eine Unterschrift baten. Wie alle Künstler fühlte Kahl sich sofort geschmeichelt.

»Sie waren doch gestern bei meiner Lesung«, sagte er zu Katinka, während er die beiden in seine Wohnung führte. »*Unserer* Lesung, meine ich.«

»Kommen Sie mit Ihren Kollegen gut aus?« Katinka sah sich um. Ein großes Wohnzimmer, zwei abgewetzte Klubsessel, ein Regal, dessen Bretter sich unter der Bücherlast bogen. Büchertürme auf dem Boden, den Fensterbrettern. Eine Küchennische, zwei Türen an der hinteren Wand. Viel Platz besaß der Jungautor nicht.

»Es ist nicht leicht, hier in die Kulturszene reinzukommen«, sagte Kahl und bot Katinka und Sabine Platz an. »Die Fleischtöpfe sind aufgeteilt. Es ist viel los, man macht sich gegenseitig Konkurrenz.«

»Und als ›Neigschmeggder‹ tut man sich sowieso schwer«, bestätigte Katinka und lächelte Kahl an, während Sabine ihren schlanken Körper dekorativ in den Klubsessel sinken ließ. Kahls Blick auf ihre langen Beine entging Katinka nicht. Für sie selbst war Sabines Anblick ohne Uniform jedes Mal eine Überraschung. Die Polizistin hatte einfach ein Gefühl für jenen schlichten, eleganten Stil, der wunderbar zu ihr passte.

»Sie kommen auch nicht von hier?«, fragte Kahl.

»Aus Wien. Ist aber lange her.«

»Ich war gleich begeistert von Bamberg. Zurzeit durchlaufe ich eine künstlerische Durststrecke. Das kommt manchmal vor in unserem Job.«

»Schreibblockade?«, fragte Sabine mitfühlend.

»Nicht direkt. Möchten Sie was trinken? Ich hole gleich die Autogrammkarten.« Er machte sich in der Küchenecke zu schaffen und kam mit einem Tablett zurück, auf dem drei Gläser und eine Flasche Fanta standen. »Wissen Sie, das Schreiben ist nicht der Punkt. Ich meine, die reine Tätigkeit, sich an den Computer zu setzen und loszulegen.« Er wies auf ein Notebook, das zugeklappt auf dem Teppich lag. »Aber die Themen fehlen manchmal.«

»Innere Leere?« Katinka sah zu, wie Kahl die Gläser mit dem gelben Sprudel füllte.

»Ja, beinahe.« Er zog sich einen Stuhl heran. »Als sei der innere Ideenteich überfischt. Nichts geht mehr. Aus. Vorbei. Finito.«

»Umso besser, dass Sie nach Bamberg gezogen sind«, sagte Sabine lächelnd. »Hier findet man immer eine Anregung. Wenn Sie durch die Altstadt schlendern, sehen Sie so viel Malerisches, dass Sie sich zwangsläufig fragen, was wohl dahinter vor sich geht.«

Kahl nickte aufgeregt. Er fühlt sich verstanden, dachte Katinka. Schade, dass Sabine nicht in den privaten Sektor einsteigen will. Wir wären das perfekte Ermittlerteam.

»Ehrlich gesagt, diese Idylle war der Grund, warum ich hergekommen bin. Aber leider fühle ich mich nach fast vier Monaten fremder als zuvor. Veranstaltungen wie gestern sind der verzweifelte Versuch, in die inneren Kreise vorzustoßen.«

»Rivalitäten?«, fragte Katinka mit bekümmertem Gesicht.

»Es ist eher so«, sagte Kahl und legte die Fingerspitzen aneinander. »Wenn du neu hier bist, straft man dich mit Nichtbeachtung. Du bist einfach nicht vorhanden.«

»Haben Sie sich deshalb entschlossen, die aktuelle Mordserie aufzugreifen?«, hakte Sabine nach.

»Ich habe zwei, drei Lebensthemen«, erklärte Marvin Kahl. »Soziale Gerechtigkeit gehört dazu. Ich finde es nahezu unerhört, dass die einen sich schicke Kochkurse leisten, während die anderen am Existenzminimum krebsen.«

»Wie recherchieren Sie? Sie haben ja viele Punkte aufgegriffen, die auch bei den aktuellen Ermittlungen wichtig sind.«

»Ich lese Zeitung. Und zu Giften findet man alles, was man sucht, im Internet. Ach, warten Sie. Die Autogrammkarten.« Er sprang auf, wühlte im Regal herum und kam mit einem Packen Postkarten zurück. »Darf ich nach Ihren Namen fragen?« Er sah Sabine an.

»Ursula«, sagte Sabine und strahlte ihn an. »Das ist wirklich nett von Ihnen.«

»Ich heiße Heidi«, sagte Katinka, als Kahl sich ihr zuwandte. »Und könnten Sie für meinen Freund auch noch eines signieren? Für Hansi.« Sie hörte ein sonderbares Geräusch aus Sabines Sessel und musste sich zwingen, nicht hinzuschauen.

Ein mordender Krimiautor? Makabre Strategie, um für die eigenen Bücher Werbung zu machen...

13. DEZEMBER

Katinka saß mit Hardo im Spezial und wartete auf ihr Schäuferla, die fränkische Version der Schweineschulter mit knackiger Kruste und Knochen. »Marvin Kahl durchläuft eine emotionale und künstlerische Durststrecke. Weiß nicht, wohin die Reise als Schriftsteller gehen soll.«

»Diese dusselige Story ist noch nicht einmal veröffentlicht«, regte Hardo sich auf. Als Ex-Germanist und Freund der Literatur hatte er sich sofort in die entsprechenden Bibliothekskataloge vertieft und Marvin Kahls Publikationsliste überprüft. »Ganze zwei Kriminalromane hat der Mann geschrieben. Erschienen in Zuschussverlagen.«

»Ist das ehrenrührig?«

»In den entsprechenden Kreisen jedenfalls nicht gut angesehen. Auch noch dafür zu bezahlen, dass man sich gedruckt sieht.«

»Steht er auf eurer Verdächtigenliste?«

»Wir haben keine Liste. Sag mir, wen ich draufschreiben soll! Einen spintisierenden

Blogger? Einen Garagenbewohner, der Punsch braut?«

Katinka zuckte die Achseln. »Hast du schon mal an Gefell gedacht?«

»Den Kochbuchautor? Vergiss es. Soll er wahllos die Kunden der Konkurrenz umbringen? Und wie kommt er an die Opfer? Dringt er nachts in ihre Wohnungen ein und tauscht Gewürze aus?«

»Marvin Kahl ist der Erste, der sich irgendwie hervortut. Er schmückt sich mit den Ereignissen, als könne er daraus einen Vorteil gewinnen.«

»Wir haben keinen begründeten Anfangsverdacht. Checken kann ich ihn also nicht.«

Aber ich, dachte Katinka, während die Bedienung ihr Schäuferla mit Kloß brachte.

»Ich muss noch mal ins Büro«, verkündete Hardo, nachdem er sein Essen vertilgt hatte. »Sehen wir uns später bei mir?«

»Klar.« Sie nickte. Heute Abend kam ihr Hardos Arbeitswut sehr zupass.

Eine Stunde später stand Katinka mit ihrer Minimalausrüstung bewaffnet am Abtsberg. Die Straße war eng, kurvig und fiel steil ab. Katinka verbarg sich gegenüber von Marvin

Kahls Haus, direkt unterhalb der Klostermauern von St. Michael. Ein struppiger Baum bot Sichtschutz, aber in ihren schwarzen Kleidern inklusive Gesichtsmaske hätte sie ohnehin niemand erkannt. Wie immer bei Aktionen wie dieser zweifelte Katinka für kurze Zeit an ihrer Arbeit, ihrer Karriere und ihrem ganzen Leben. Ich bin kein besonders mutiger Mensch, dachte sie, während sie aufmerksam die dunklen Fenster betrachtete. Entweder schlief Marvin Kahl schon, oder er war nicht zu Hause. Da es erst 9 Uhr war, schien ihr Letzteres am wahrscheinlichsten. Katinka wartete, bis ein Wagen knatternd über das Kopfsteinpflaster den Berg hinuntergerast war, überquerte die Straße und trat durch das Gartentor. Sie wehrte sich gegen das Gefühl, die leeren Fenster würden sie angaffen, während sie wieselschnell über den Rasen zur Eingangstür lief.

Das Schloss leistete keinen Widerstand. Katinka schob die Tür gerade so weit auf, dass sie ins Haus schlüpfen konnte. Lauschend blieb sie stehen. Alles war still. Der Dielenboden knarrte, während sie in das große Wohnzimmer schlich, in dem sie gestern mit Sabine und dem Autor gesessen hatte.

Sie zog die Kapuze vom Kopf, spannte sich

die Stirnlampe über und schaltete das Licht auf kleinste Stufe. In der Küchenzeile gab es außer Salz und Pfeffer keine Gewürze. Sie entnahm beiden Streuern eine Probe. Im Bad entdeckte sie außer Rasierschaum, Zahnpasta und den üblichen Kleinigkeiten eine Dose mit Talkumpuder. Sie schüttete eine Handvoll in ein Plastiktütchen. »Mist!« Die Hälfte ging daneben und verstreute sich auf dem Boden. Katinka riss ein Kleenex aus der Schachtel und versuchte, den Puder aufzuwischen, doch das Zeug erwies sich als ziemlich klebrig. Katinka brauchte drei weitere Papiertücher, um das verschüttete Pulver wegzukriegen, und stopfte den Abfall in einen neuen Plastikbeutel.

Sie ging zurück ins Wohnzimmer, aber nach einer knappen halben Stunde Suche gab sie auf. Falls Marvin Kahl Leute vergiftete, um sich Inspiration zu besorgen und groß rauszukommen, hatte er das Gift nicht in seiner Wohnung gebunkert. Sie schaltete das Notebook ein. Passwortgesichert. Immerhin, doof war der Krimimann nicht. Katinka versuchte es mit ›Krimi‹. Nichts. ›Krimi-Marvin‹. Es klappte. Windows baute sich auf. Katinka hatte eine Menge Texte erwartet, doch stattdessen fand sie vor allem Fotos. Ordner über Ordner mit

Bildern in unterschiedlichen Formaten. Schnell hatte sie das Ordnungssystem begriffen: Marvin Kahl speicherte Frauenfotos nach Namen. Irina, Susa, Kathleen. In einem Folder befanden sich Porträts von Frauen, deren Namen er offenbar nicht kannte. Sie waren allesamt als ›unbekannt‹ etikettiert.

»Schande!« Katinka schüttelte den Kopf, als sie sich selbst mit Sabine Kerschensteiner von hinten sah, an Kahls Gartentor stehend. »Der hat ja noch einen viel größeren Knall, als ich gedacht habe.« Sie gab ›Sara‹ als Suchbegriff ein und wurde fündig. »Sieh mal einer an.« Ihre Klientin räkelte sich in allerhand Posen auf einem Sofa. Nicht Kahls Sofa, soviel war klar. Auch die Porträt-Aufnahme, die Katinka von Sara Kaiser besaß, war auf dem Laptop gespeichert.

Katinka klickte durch die Dateien. Keine Aufnahme war gezielt pornografisch, es gab nicht einmal richtige Nacktfotos. Marvin Kahl hatte eine harmlose Schwäche für Frauen, vielleicht auch nur für ihre Bilder. Katinka suchte ›Gift‹, ›Digitalis‹, ›Fingerhut‹, ›Mutterkorn‹, fand nichts und brach ab. Sie fuhr den Rechner herunter, nahm die Lampe vom Kopf, sah sich noch einmal um und verließ das Haus so leise, wie sie hineingekommen war. Nur, um auf dem Gartenweg mit Marvin Kahl zusammenzustoßen.

Immerhin hat Katinka nun den Stalkingfall gelöst, ohne sich selbst als Rollkommando loszuschicken!

14. DEZEMBER

»Ihr Stalker hat die Nase voll«, sagte Katinka zu Sara Kaiser. »Sollte er noch einmal auftauchen, sagen Sie mir sofort Bescheid.«

»Schicken Sie Ihre Rechnung.«

»Mit dem größten Vergnügen.« Katinka legte auf. Die vergangene Nacht hatte sich zumindest in einer Hinsicht gelohnt. Marvin Kahl schien zwar auf den ersten Blick nichts mit den Giftmorden in Caro Terentos Kochkursen zu tun zu haben, doch konfrontiert mit Katinka in martialischer Aufmachung auf seinem nächtlichen Gartenweg hatte er sofort zugegeben, Sara Kaiser nachgestiegen zu sein.

Katinka schulterte ihren Rucksack und verließ das Haus in der Herzog-Max-Straße. Wer konnte schon wissen, wie lange sie hier noch wohnen würde. Hardo würde nicht zu ihr ziehen – und irgendwie war ihr das ganz recht. Die Wohnung in dem gelben Backsteinhaus kam ihr vor wie eine Episode ihres Lebens, die sich ihrem Ende näherte. Sollten Hardo und sie jemals als Paar in die Gänge kommen, dann sicher anderswo, an einem ›neutralen‹ Ort.

Katinka stieg in ihren Beetle Cabrio. Kein besonders komfortables Auto für den Winter, doch sie hatte den Wagen von einer Freundin geerbt. An den Mord an Dani hatte Katinka lange nicht gedacht. Auf geheimnisvolle Weise schien der Beetle sie und Dani immer noch zu verbinden.

Katinka ließ den Motor an und fuhr los. Sie hatte die Adresse von ›Stamm der Franken e. V.‹ ausgekundschaftet. Ein Besuch im Ellertal sollte nicht schaden.

Der Verein siedelte im ehemaligen Schulhaus neben der Lohndorfer Kirche. Das mächtige Gebäude wirkte genauso klotzig wie der Mann, der Katinka die Tür öffnete: Der Riese mit den Rhabarberohren.

»Sie haben Nerven«, sagte Elmar Kraut.

»Und Sie ein paar Minuten für mich.«

»Wenn Sie das sagen …« Kraut presste die Lippen zusammen, bat Katinka herein.

»Was mich interessiert – was ist das eigentlich für eine Auseinandersetzung zwischen Ihnen und Claudius?«

»Ach, die Herrschaften sind per du?« Kraut

führte Katinka durch ein eiskaltes Treppenhaus in seine Wohnung. »Setzen Sie sich.«

Katinka warf einen Blick aus dem Fenster. Von hier konnte sie die Sandsteinmauer der Kirche sehen, den Kirchhof und einen knorrigen Baum, dessen kahle Zweige an den Scheiben kratzten.

»Welchen Preisträger haben Sie sich denn für den nächsten Goldenen Kochlöffel ausgeguckt?«, fragte sie und drehte sich zu Kraut um.

»Der Preis wird jedes Jahr zu Weihnachten vergeben. Gefell wäre ein aussichtsreicher Kandidat. Aber er spinnt immer dermaßen herum.«

»Was meinen Sie damit?«

Kraut rührte mit seiner riesigen Hand in seinem Haarschopf herum. »Statt dass er sich auf die alten, fränkischen Rezepte beruft, mixt er allerhand neumodisches Zeug in seine Gerichte. Vegetarische Varianten zum Beispiel. Vegetarisch! In Franken!« Er schien tatsächlich nichts anderes als Zustimmung von Katinka zu erwarten. Die konnte sich allerdings nicht erinnern, beim Blättern in ›Verschärfte Weihnacht‹ auf ein fleischloses Gericht gestoßen zu sein. Wahrscheinlich meinte Kraut die Beilagen.

»Wer bekommt denn den Kochlöffel in diesem Jahr?«

Kraut druckste herum. »Eine Köchin vom Jura. Führt einen kleinen Gasthof. Warum?«

»Egal, wird man ja in der Presse lesen können.« Katinka betrachtete eingehend den Adventskranz, dessen vier Kerzen allesamt schon gebrannt hatten. »Haben Sie schon den vierten Advent?«

»Sie verstehen das falsch!« Kraut begann, an den Fichtenzweigen herumzufummeln.

»Aber die Kerzen …«

»Wegen Gefell. Er passt nicht ins …«

»… Bild?«

»In unsere Zielgruppe. Gefell bezeichnet sich als Franken, aber er spricht kaum Fränkisch, und seine Mutter kommt aus Regensburg.«

»Das ist natürlich ganz und gar nicht gut.«

»Sie können leicht Witze reißen. Ich muss den Verein zusammenhalten.«

»Da sind ein paar Hardliner dabei, nehme ich an.«

Kraut seufzte. »Sie wissen doch, wie das läuft. Je weniger wir ein gemeinsames fränkisches Bewusstsein haben, desto eher versuchen wir, es mit Gewalt herzustellen.«

»Sie geben mir das passende Stichwort. Warum haben Sie Gefell auf dem Weihnachtsmarkt angegriffen?«

Krauts gigantische Faust donnerte auf die Tischplatte, dass eine der Adventskerzen umstürzte. »Er verhält sich immer so provokant. Als ob er der alleinige Meister der Küche wäre.«

Katinka ging ein Licht auf. Kraut stand einem Verein vor, dessen Mitglieder am liebsten ein Bundesland Franken ausrufen würden und das Kochen nur als Projektionsfläche für ihre patriotischen Aktivitäten nutzten. Vermutlich hätte er selbst Gefell gern mit dem Preis ausgezeichnet, konnte sich aber gegen den Mob nicht durchsetzen. Daher hatte er auf dem Weihnachtsmarkt versucht, Gefell auf Linie zu bringen, um ihn in den Augen seiner Mitstreiter doch noch preiswürdig zu machen. Katinka stand auf und ging zur Tür.

»Sie dürfen das nicht falsch verstehen, Frau Palfy. Für unsere Region muss etwas getan werden. Sonst versteppt hier bald alles.«

»Gefell hat doch nichts anderes gemacht, als die kalorienreiche, schmackhafte und deftige Küche mit seinen Gewürzen aufzumotzen! Oder täusche ich mich da?«

»Ach, der mit seinen Gewürzen. Mal ehrlich: Wissen Sie, was er da reinmischt?«

Claudius Gefell als Prügelknabe der Zunft. Passt das nicht mit Marvin Kahls ›Unterhunden‹ zusammen?

15. DEZEMBER

Katinka saß in Hardos Büro und trank alkoholfreien Punsch. Sein Team hatte sich zu einer spontanen Adventsfeier eingefunden, aber Katinka war zu spät gekommen und knabberte nun an den Plätzchenresten.

»Wir haben die Herkunft des Anarchistentwitters ausgekundschaftet«, sagte Hardo. »Schnelle Unterstützung durch die Staatsanwaltschaft ist was wert.«

»Und?«

»Können wir vergessen. Das sind drei Schüler zwischen 14 und 17. Die sitzen am Chiemsee und wollen provozieren.«

»Ich bitte dich!« Katinka schüttelte den Kopf. »Todesfälle vorherzusagen, finde ich heftig.«

»Geschmacklos, keine Frage. Aber wir haben nicht den dünnsten Haken, an dem wir diese Vögel aufhängen könnten.«

»Na, toll.«

Es klopfte. Sabine Kerschensteiner steckte den Kopf herein. »Ach, hallo Katinka. Chef, es gibt ein Problem. Ruth Stein hat sich gerade gemeldet. In Königsberg hat es wieder ein Kochkursopfer gegeben.«

»Was?« Katinka und Hardo sprangen gleichzeitig auf. Hardo stieß mit seinem Bauch den Plätzchenteller vom Tisch.

»Der Notarzt konnte die Frau wiederbeleben. Sie ist jetzt im Krankenhaus und kommt durch.«

Der Kochkurs hatte in der Küche des Schlemmerkellers stattgefunden, eines Restaurants mitten in Königsberg, dessen festlicher Weihnachtsschmuck Katinka kalte Schauer über den Rücken trieb. Der Ort war einfach zu schön, zu perfekt, zu kopfsteingepflastert, zu romantisch. Mit nichts bin ich zufrieden, dachte sie selbstkritisch.

Ruth Stein erwartete sie vor der Küchentür. Die Baskenmütze hockte schief auf ihrem Kopf. »Mutterkorn«, sagte sie nur. »Es begann mit Darmkrämpfen, das Opfer klagte über Kribbeln in den Fingern. Der Mutterkornpilz löst Durchblutungsstörungen aus. Caro Terento war sofort alarmiert und rief uns an. Der Notarzt hat ganze Arbeit geleistet. Susanne Schuh wird überleben. Kommen Sie rein. Unsere Starköchin muss aufgemöbelt werden.«

Caro Terento saß wachsbleich auf einem Stuhl neben dem Herd und starrte vor sich hin. »Hier stimmt doch etwas nicht«, murmelte sie.

»Allerdings nicht«, sagte Hardo. »Bitte geben Sie uns Auskunft über alles, was Sie beobachtet haben.«

Katinka hörte Caro Terentos Stammeln nicht lange zu. Die Frau gab sich alle Mühe. Niemand konnte ihr verdenken, dass sie völlig durcheinander war und im Augenblick auf der Auslaufrille lief. Nach ein paar Minuten verließ Katinka die Küche und sah sich im Lokal um. Der ›Schlemmerkeller‹ war gemütlich eingerichtet, das richtige Ambiente für den Winter mit kuscheligen Sitzkissen auf den Eckbänken, schweren Lampen mit Lederschirmen und dunkel getäfelten Wänden. Auf jedem Tisch brannte eine rote Stumpenkerze. Katinkas Blick fiel auf eine junge Frau, die allein an einem Tisch saß und an einer Kamera herumschraubte.

»Hallo. Katinka Palfy mein Name. Darf ich mich setzen?«

»Sind Sie auch Polizistin?«

»Privatdetektivin. Haben Sie Aufnahmen gemacht?«

»Die Kripo hat die Speicherkarte schon kopiert.« Die Frau trug das glänzende, fast schwarze Haar lang. Neben ihr thronte eine riesige Schultertasche, aus der Netbook und Kollegblock ragten.

»Journalistin?«, fragte Katinka und dachte an ihre Freundin Britta, die jetzt beim Fernsehen arbeitete. Ihre Kuriertasche sah genauso chaotisch aus.

»Woran man es nur immer sieht. Ich heiße Kira Müller und schreibe für ›Stars & Kitchen‹.«

»Nie gehört.« Katinka setzte sich. »Wo haben Sie den Kaffee her?«

Kira fuchtelte mit der Hand in der Luft herum und rief: »Bitte noch einen Kaffee!« ins Nirgendwo.

»Erzählen Sie mir von Ihrer Zeitung«, bat Katinka.

»Von wegen Zeitung. Wir sind ein Lifestyle-Magazin für Kochen und Küche.«

»Auch gut.«

Kira lächelte matt. »Sie nehmen's ja nicht so genau, wie? Unsere Leser interessieren sich für neue Rezepte, für Innovatives genauso wie für Althergebrachtes, für neue Akzente in Bewährtem, traditionellen Genuss …«

»Stopp!«, sagte Katinka. »Das kann ich auch auf Ihrer Webseite nachlesen. Worüber schreiben Sie hier und heute?«

»Unsere Leser sind ...«

Eine Kellnerin brachte eine Tasse Kaffee.

»Ja? Ihre Leser sind?«

»Nun, sie sind scharf auf alle Personen und Persönchen, die in der Haute Cuisine was geworden sind. Wir veranstalten Kochwettbewerbe, in denen sich die Neulinge mit den Stars messen können. Auf Caro Terento sind wir aufmerksam geworden, weil sie ihren mediterranen Stil sehr geschickt mit deftiger, italienischer Hausmannskost verbindet.«

»Italienische Hausmannskost? Gibt es so was wirklich?«

»Sehen Sie, genau das ist der Köder für unsere Leser: Natürlich gibt es nicht nur leichte Salate und kalorienarme Antipasti, nicht nur Bistecca alla fiorentina und Spaghetti al ragù. Caro Terento spricht im Zusammenhang mit ihren Gerichten von den wahren Werten des Lebens. Das, was die Welt zusammenhält.«

»Oder Leib und Seele.«

Kira nickte. »Exakt. Wir sind auf Caro Terento aufmerksam geworden, weil die Geschichte mit den Mordfällen natürlich auf allen Webseiten zu lesen ist, in den Kochblogs, im Twitter. Eigentlich hatte die Redaktion die Reportage über ihre Deutschlandreise schon abgelehnt, aber durch die ganze Aufmerksamkeit jetzt ... diese Story können wir nicht sausen lassen.«

Kochblogs, dachte Katinka. Was es nicht alles gibt.

»Also, Deutschlandtour allein ist nicht spannend genug?«

»So würde ich das nicht sagen.« Kira drehte ihre Kaffeetasse in den Händen. »Aber Caro Terento plant, sich ganz in Deutschland niederzulassen. Sogar hier in der Gegend.« Die Reporterin senkte die Stimme. »Die Liebe. Ihr Lebensgefährte stammt aus Bamberg.«

Katinka lehnte sich zurück und nippte am Kaffee. Pfui Teufel, mit Sahne. Sie hasste Kaffee mit Sahne. Sieh an, dachte sie. Caro Terento zieht nach Franken.

... wobei die Starköchin in ihrer neuen Heimat keinen angenehmen Start hatte.

16. DEZEMBER

»Allmählich wird es witzig!« Sabine Kerschensteiner drehte ihre Mütze in den Händen. Über Nacht war es eiskalt geworden. Der neu angelegte Weinberg am Südhang des Klosters Michaelsberg wirkte nackt und leblos. Der ideale Tatort für ein ruchloses Verbrechen.

»Konzentriere dich auf dein Ziel«, sagte Katinka. »Sagen die Lebenshilfeblogs.« ›Focus on your target‹. Mit Phrasen dieser Art berieten sich vom Leben Gezeichnete gegenseitig in ihren Chats.

Katinka hatte die halbe Nacht im Internet gesurft und sich in die Bloggerkultur eingearbeitet. Tatsächlich gab es beinahe zu jeder menschlichen Kleinigkeit mindestens einen Blog. Gärtnerblog, Häkelblog, Kochblog. Ermittlungsblog wäre auch eine Idee, überlegte Katinka, während sie hinter Sabine unter dem rot-weißen Band durchschlüpfte und die Rebstöcke entlangging.

»Hier, Fußspuren.« Sabine wies nach rechts und links. »Die Erde war frisch gehäufelt, trotz der Kälte haben sich die Fußtritte Größe 44 gehalten.«

»Also ein Mann!«

»Höchstwahrscheinlich.«

Katinka überlegte, wer von den Leuten, mit denen sie im Kontext dieses Falles zu tun gehabt hatte, infrage kam. Elmar Kraut und der Stamm der Franken. Aber halt, dachte sie, keine vorschnellen Schlüsse. Es gondeln zu viele Schuhgrößen durch diesen Fall.

»Guten Morgen!«, rief eine Männerstimme ihnen gut gelaunt nach.

»Auf den habe ich gewartet.« Katinka wies hinter sich. Dante Wischnewski stand mit Ohrenklappenmütze und Fäustlingen an der Absperrung und winkte eifrig. »Wolle ma ne reinlasse?«

»Schau dich erst mal selber um!« Sabine wies auf die Marienfigur, die noch vor einer Woche die Krippe am Schönleinsplatz geschmückt hatte. Sie trug zu rotem Kleid und blauem Umhang ein Schild in der Hand: ›Das Volk wehrt sich!‹

»Aber hallo!« Katinka besah sich die Figur. »Was sagen eure Techniker?«

»Eine Menge Fingerabdrücke. Es müssen aber nicht die vom Kidnapper sein. Schließlich haben die städtischen Arbeiter die Maria schon vorher transportiert.«

»Gab es da nicht mal vor Jahren ein entführtes Jesuskind?«

»Gab es. 1987. Es wurde von einem ›Kommando Herodes‹ verschleppt. Sollte gegen ein Lösegeld von 3.000 Ostereiern freigelassen werden, ist dann aber einfach so wieder aufgetaucht. Zu Ostern.« Dante trat hinter die beiden Frauen, riss sich den Fäustling herunter und schüttelte erst Sabine, dann Katinka die Hand. »Wenn ich in der Eile richtig recherchiert habe. Aber dazu ist später Zeit. Schon Ermittlungsergebnisse? Hat jemand seine Visitenkarte hinterlassen? Irgendwas von der Würze des Lebens?« Er schoss Fotos.

»Das Volk wehrt sich«, sagte Katinka. »Denkt ihr, was ich denke? Ziemlich viel bewegtes Volk, das in diesem Advent seine Kreise zieht. Würze des Lebens, Landesgartenschau, Hainbad. Und jetzt – wogegen wehren wir uns jetzt?«

»Genau: Wir sind das Volk!«, bestätigte Dante. »Ich würde vorschlagen: Landesgartenschau. Mal wieder. Denn: Dieser Weinberg hätte hier gar nicht stehen sollen, wie wir alle wissen. Wir wollten die Streuobstwiese behalten, aber stattdessen hat sich die Stadt ja darin gefallen, Reben zu pflanzen, weil ...«

»... irgendwelche Mönche anno Tunichtgut

dasselbe gemacht haben. Dreschen Sie keine Phrasen. Wer ist denn schon ›wir‹?«, schnaubte Katinka.

»Äh – das Volk.«

»Mag ja sein, aber das Bürgerbegehren hat nicht stattgefunden, weil man sich einigen konnte«, legte Katinka nach. »Auf einen Kompromiss.«

»Auf einen Kompromiss, der keiner ist!« Dante pflückte einen Bleistift aus seiner Parkatasche und kratzte sich damit unter der Mütze. »Ein halber Weinberg mit maximal drei Flaschen Ertrag pro Ernte und eine amputierte Streuobstwiese, das ganze Tamtam ordentlich eingezäunt.«

»Sie sind parteiisch!«, warf Katinka ihm vor. »Sind Journalisten nicht der Neutralität verpflichtet?«

»Ausgewogenheit, nicht Neutralität, Frau Palfy. Wie hat der Täter die Figur hier reingekriegt? Über den Stacheldraht? Drunter durch? Und wo hat er sein Auto geparkt? Hat dort oben im Seniorenheim niemand was mitgekriegt? Wer hat Sie angerufen?«, feuerte Dante seine Salven auf Sabine ab.

»Angerufen hat uns eine Altenpflegerin, die, bevor sie um kurz vor sechs zum Morgendienst ging, einen Spaziergang durch das Klostergelände unternahm. Dabei hat sie die Maria gesehen.«

Dante kritzelte in seinen Block. ›In der Dunkelheit? Es wird doch erst um halb neun richtig hell.«

Katinka warf einen Blick auf die Südfassade des ehemaligen Benediktinerklosters, in dem ein Seniorenheim untergebracht war. In alten Zeiten war das Kloster autark gewesen. Die Mönche besaßen große Ländereien, bauten Wein und Gemüse an, züchteten Vieh und brauten, wie sollte es anderes sein, ihr eigenes Bier. Doch diese Zeiten waren unwiderruflich vorbei, und außer Bewohnern, Bediensteten und Besuchern des Seniorenheims unternahmen vor allem Touristen den nicht ganz unbeschwerlichen Weg den Berg hinauf zum Kloster, um von der weitläufigen Anlage den fantastischen Blick über die Stadt zu genießen.

Sabine wandte sich geduldig Dante zu. »Die Zeugin meinte, jemand würde sich hier unberechtigt aufhalten, und rief dieser vermeintlichen Person etwas zu ...«

Katinka ging ein paar Schritte. Wenn das Bürokratendeutsch mit Sabine durchging, konnte sie sich ein Grinsen nicht verkneifen.

Sie stapfte zum Zaun zurück, der den Weinberg zum Spazierweg in die Stadt hinunter seit Neuestem absicherte.

»Frau Palfy, hier hat jemand die Knipszange angesetzt!« Ein Polizist wies mit rotgefrorenen Fingern auf das Loch im Zaun. »Schnipp schnapp, und schon hatte auch ein großer Mensch Platz genug, um mitsamt Maria durchzuschlüpfen.«

Katinka nickte nachdenklich. »Ich melde mich!«, rief sie Sabine zu und machte sich auf den Weg in die Innenstadt.

Maria im Weinberg – das klingt nachgerade biblisch.

17. DEZEMBER

»Die Sache ist nichts weiter als ein dämlicher Scherz«, sagte Hardo. »Maria klauen und im Weinberg abstellen. Dumm, aber nicht niederträchtig. Das einzig Unangenehme ist, dass uns die Presse verkackeiert. Wir sind die Witzfigur des Advents. Wir, die Kripo.«

»Ooooh, eine Runde Mitleid«, machte Katinka. »Ich habe mit Elmar Kraut vom Stamm der Franken gesprochen.«

»Den Claudius Gefell nicht angezeigt hat.«

»Vielleicht will er den Goldenen Kochlöffel nächstes Jahr verliehen haben. Da sollte er besser vorsichtig sein. Kraut ist anscheinend der Einzige in diesem seltsamen Verein, der von Gefell was hält.«

»Vereine waren mir schon immer ein Gräuel«, sagte Hardo.

»Mir auch. Und wer hat die Gondel nach Haßfurt gebracht? Vom Stil her genauso dasselbe wie der Madonnentransport zum Michelsberg. Verdächtige? Alibis?«

»Kraut haben wir natürlich unter die Lupe

genommen.« Hardo sah aus seinem Bürofenster hinaus in den sonnenglänzenden Tag. Feine Schneeflöckchen schwebten am Fenster vorbei. Unten auf der Straße hörte man jemanden mit einer Schneeschaufel über den Asphalt kratzen. »Für gestern hat er kein Alibi. Aber mitten in der Nacht haben die meisten Menschen keines. Der letzte Spaziergänger, der den Weinberg noch ohne Maria gesehen hat, kam um 0.30 dort vorbei. Dann zwischen halb sechs und sechs die Altenpflegerin, die uns anrief.«

»Ehrlich gesagt: Ich hätte nicht die Polizei gerufen, wenn ich eine Marienfigur zwischen den Rebstöcken gesehen hätte.«

»Wen hättest du denn verständigt?«, fragte Hardo ironisch. »Dante Wischnewski?«

Katinka lachte. »Mag sein, ja. Ich glaube, ich richte jetzt auch ein Blog ein. ›Sonderbares Bamberg‹ oder so ähnlich.«

»Die Morde und der Mordversuch in Königsberg«, erklärte Hardo, während er von einem Notizblockwürfel ein Blatt abriss, »stehen auf der einen Seite.« Er legte das Blatt auf seinen ausnahmsweise völlig leeren Schreibtisch. »Dann haben wir«, er rupfte einen weiteren Zettel ab, »die gestohlene Gondel, 2.12.«, er kritzelte das Datum auf den Zettel, »die

Demonstranten für die Reinheit der fränkischen Küche am 4.12.«

»Die Lackreste im Glühweingewürz, das der Coburger Punschfan von Gefell bezieht«, ergänzte Katinka. »Der Anarchistentwitter, auf den dich ein Irrer im Spezial aufmerksam gemacht hat.«

»Krauts Angriff auf Gefell am 7.12. Die gegen die Muttergottes ausgetauschte Sexpuppe am 8.12. ›Achtet auf die Würze des Lebens‹. Verdammt, das muss doch eine Anspielung sein.«

»Worauf, auf die Lackreste?«

»Siehst du – das meine ich. Die Vorkommnisse sind für sich genommen so platt, so minimal ...«

»Die Gondel taucht in Haßfurt wieder auf, Gondoliere ist eine Babypuppe mit Aufschrift: ›Die Landesgartenschau – ein Millionengrab‹.« Wenn Katinka es recht bedachte, war der Scherz ziemlich makaber. »Ausgerechnet eine Babypuppe als Zeichen für ein Grab!«

»Extrem provokant. Eine Sexpuppe im Nikolaus-Bunny in einer katholischen Stadt ...«

»In einer erzkatholischen«, berichtigte Katinka.

»Du nimmst mir das Wort aus dem Mund. Schließlich der Krimiautor.«

»Am 11.12. Kahl ist ein Stalker, Hardo, ich habe das an deine Kollegin weitergegeben.«

»Wie du das nur rausgefunden hast.«

»Mach dir darüber keine Sorgen.«

»Nicht einmal Gedanken mache ich mir darüber!« Hardo lupfte die linke Augenbraue. Seine grauen Augen betrachteten Katinka eingehend, und immer noch, obwohl die erste, heiße Phase ihrer Annäherung ausgestanden war, lief ihr ein Schauder den Rücken hinunter.

»Gestern haben wir die Maria in den Weinberg gestellt bekommen. ›Das Volk wehrt sich‹«, führte Katinka an.

»Wogegen es sich wehrt, ergibt sich aus dem Ort des Geschehens. Wir stoßen wieder auf die Landesgartenschau. Also: Babypuppe in Haßfurt, Gondel, Maria im Weinberg.« Hardo machte einen dicken Strich auf seinen Zettel und warf den Stift hin. »Die Handschrift ist drastisch, makaber, vielleicht abstoßend oder obszön. Aber letztlich doch ziemlich harmlos.«

»Auf der anderen Seite stehen vier Morde: drei im Kochkurs. Bamberg, Coburg, Haßfurt. Der vierte Mord nicht im Kochkurs, aber mit dem gleichen Mittel. Und schließlich ein versuchter Mord in Königsberg.«

»Ich werde das Opfer heute zusammen mit Ruth Stein vernehmen. Die Frau war bislang zu geschwächt.«

»Habt ihr Personenschutz für sie?«

»Natürlich, was denkst du denn?«

»Wenn solche Sachen gehäuft passieren, wäre es vielleicht nicht dumm, trotz der stilistischen Unterschiede einen gemeinsamen Urheber für die Morde und den anderen Krempel anzunehmen.«

»Mag sein, mein lieber Advocatus Diaboli«, grinste Hardo. »Ich fahre jetzt nach Haßfurt. Sehen wir uns heute Abend bei mir?«

Katinka radelte von der Polizeidirektion in die Innenstadt zurück. Lange Autoschlangen stauten sich schon auf der Pfisterbrücke. Die kapieren's einfach nicht, dachte Katinka. Dass diese mittelalterliche Stadt weder genügend Parkplätze noch ausreichend breite Straßen hat. Sie beschloss, in die Fußgängerzone zu fahren, um sich endlich mit einem ebenso wichtigen Thema dieser Tage auseinanderzusetzen: mit Weihnachtsgeschenken. Ihre Liste war nicht besonders lang. Erstens Hardo. Dann ihre Schwester Melissa, ihr Vater, ihre Mutter. Die letzteren drei musste sie schnell hinter sich bringen, denn ihre engsten Verwandten lebten in Wien, und die Post hatte eine Menge zu tun in diesen Tagen. Dann war da noch Britta, die am zweiten Weihnachtsfeiertag von München nach Bamberg kommen und ein paar Tage bei Katinka verbringen wollte. Angeblich fehlte ihr das fränkische Bier. Schließlich wollte Katinka ihren Klienten, die sie in diesem Jahr mit einem Auftrag versorgt hatten, Weihnachtskarten schreiben. Sie beschloss, genau damit anzufangen. Karten waren leichter zu kaufen als Geschenke.

Durch die Fußgängerzone war, selbst wenn sie ihr Rad schob, kaum ein Durchkommen. Leute fluteten zum Weihnachtsmarkt und zurück, schleppten Christbäume hin und her, Tüten, Kartons, trugen ihren eigenen Verdruss auf ihren Gesichtern zur Schau oder torkelten angetrunken um die Glühweinstände herum.

Katinka stellte ihr Rad am Maxplatz ab, um in der Schreibwarenabteilung des nächstbesten Kaufhauses Weihnachtskarten zu kaufen. In Gedanken zählte sie schon ab, wie viele sie brauchen würde, als aus dem Juweliergeschäft an der Südseite ein Mann herausraste. Er hielt eine Pistole in der einen Hand, eine Plastiktüte in der anderen, und rannte. Ein paar Sekunden der Verblüffung verstrichen, ehe Katinka sich in Bewegung setzte und ihm über den Grünen Markt nachrannte. Aber er war einfach schneller, und er hatte einen gewaltigen Vorsprung. Als sie in die Franz-Ludwig-Straße einbog, konnte sie ihn schon nicht mehr sehen.

Hardo meint, die Morde wären gesondert von den anderen Taten zu behandeln. Katinka findet, im Sinne der Ermittlungen sind die Ereignisse nicht von vornherein voneinander zu trennen. Vielleicht haben beide recht?

18. DEZEMBER

Katinka wärmte ihre Finger an der Tasse mit dem Eierpunsch, während ihr Blick durch die abendliche Dämmerung zum Kirchturm der Oberen Pfarre glitt. Sie mochte diese Kirche besonders gern. Mit ihren trutzigen Mauern und den vielen Fabeltieren an der Außenfassade erinnerte sie an eine mittelalterliche Burg. Dem Bauwerk haftete etwas Heidnisches an. Katinka seufzte.

»Machen Sie sich nichts draus, dass Sie den Täter nicht erwischt haben«, verkündete Dante. »Dafür habe ich ...«

»... dem Juwelier das Leben gerettet«, vollendete Katinka. Dante Wischnewski hatte sie zum Punsch auf die Obere Rathausbrücke eingeladen. Allmählich gab sie der allgemeinen Weihnachtsparanoia nach und glaubte tatsächlich, dass Eierpunsch schmeckte. Dabei war er nur klebrig und süß. Aber wenigstens heiß.

»Der Räuber ist noch nicht gefasst«, sagte Dante. »Jedenfalls: Der Juwelier ist Bluter. Er hatte nur eine im Grunde harmlose Verletzung an der Schulter. Schnitt sich an einer zerschmetterten Glasscheibe. Aber er wäre verblutet ...«

»… wenn Dante Wischnewski, der rasende Reporter, nicht als Rettungssanitäter vor Ort gewesen wäre. Hängen Sie eigentlich immer am Weihnachtsmarkt herum?«

»Was glauben Sie denn: Dass man in der Redaktion auf gute Geschichten stößt? Dass die Storys zu uns ins Großraumbüro kommen und sagen: ›Hey, Fans, würde bitte jemand was über mich schreiben?‹«

Katinka grinste. »Danke für die Einladung.« Sie drückte Dante ihren leeren Becher in die Hand. »Ich besorge mir jetzt ein paar Gewürze bei Claudius und anschließend schreibe ich Weihnachtskarten im Büro, in dem heute Abend hoffentlich keine faulige Anekdote mehr hereinschneit.«

»Sie denken geschäftsschädigend!«, rief Dante ihr nach.

Katinka ging die paar Schritte zu Gefells Gewürzstand. Heute macht er ein Geschäft, dachte sie, als sie die Schlange vor seiner Bude sah. Mühsam bezähmte sie ihre Ungeduld, bis sie endlich an der Reihe war.

»Grüß Gott, Frau Palfy. Mensch, was nicht alles in Bamberg passiert, nicht wahr? Habe gehört, Sie waren zufällig vor Ort?«

Katinka runzelte die Stirn. »Was meinen Sie?«

»Na, der Überfall! Unglaublich, am helllichten Tag, mitten in der Weihnachtszeit.«

»Adventszeit.« Katinka hätte am liebsten laut gestöhnt. Wann, dachten die Leute, geschahen Verbrechen? Nicht Weihnachten, nicht Ostern, nicht an Geburtstagen oder am 3. Oktober. Blieb nicht mehr viel, wenn die Kriminellen auch nur in der Dunkelheit aktiv sein durften.

»Unerhört!«, regte Gefell sich auf.

»Sie führen ja auch Weihnachtskarten.« Katinka nahm eine in die Hand.

»Eine befreundete Künstlerin hat sie gezeichnet. Gewürzpflanzen. Das zum Beispiel ist ein Senfbaum.«

»Ich nehme zehn Stück«, sagte Katinka. »Und einmal Zimt.«

»Zimt ist ein Muss. Und gut für die Nerven. Wie laufen eigentlich die Ermittlungen in Sachen Caro Terento?«

»Ich bin nicht eingeweiht. Ich hatte mit einem Stalker zu tun.«

Gefell riss die Augen auf. Sein Gesicht wirkte noch runder. »Auch noch ein Stalker. War er hinter Ihnen her?«

»Hinter einer Klientin.« Katinka lachte. »Übrigens habe ich selber an Caro Terentos Bamberger Kurs teilgenommen. Ist mir nicht in besonders guter Erinnerung, muss ich sagen. Ich glaube, ich versuche mich am altfränkischen Gänsebraten, wie Sie ihn beschreiben.« Sie wies mit dem Kinn auf Gefells Kochbuchexemplare, die sich in einer Ecke türmten.

»Gänse, aha«, murmelte Gefell und schien zu überlegen. »Dazu … nun, dazu würde ich Ihnen meine Spezialwürzmischung für Geflügel empfehlen.« Er bückte sich unter den Tresen und tauchte mit einer Dose wieder auf. »Verwenden Sie sie nicht zu sparsam.«

»Was ist drin?«

»Allerlei. Nelken, Chili, Cardamom, weißer Pfeffer, gerebbeltes Kohlrabiblatt … verstehen Sie, diese Spezialmischungen sind Ergebnisse meiner jahrelangen, ich möchte fast sagen, Forschungen.« Sein Mondgesicht wurde rot. »Alles ist ideal aufeinander abgestimmt.«

»Prima. Was macht das?«

Als Katinka ins Büro ging, fiel dichter Schnee.

Dante Wischnewski mag einen unfehlbaren Riecher haben. Dennoch taucht er auffallend häufig da auf, wo was los ist …

19. DEZEMBER

Es schneite den ganzen Tag. Katinka entschied, an Weihnachten niemanden außer Hardo zu beschenken. Das war schwierig genug. Ihre Eltern schwammen im Geld, und Melissa, Katinkas Schwester, saß mehr oder weniger an der Quelle. Sie bekam von ihrem Vater häufig eine Summe zugesteckt. Aber was sollte sie Hardo unter den Baum legen?

Am späten Nachmittag schlenderte Katinka durch die Stadt. Es wurde schon wieder dunkel. Am Grünen Markt schoben sich die Einkäufer gegenseitig über Schnee, Salz und Split. Die grellbunten Lichterketten, die über den Obstmarkt wucherten, lagen irgendwo zwischen kitschig und anheimelnd. Von Jesus von Nazareth hört man dieser Tage nicht viel, dachte Katinka. Aber umso mehr von Santa Claus, Elchen und Pferdeschlitten. Sie besah sich die Auslagen in einem Modeladen. Lauter knappe Kleidchen mit Strass und Glimmer. »Nicht unbedingt geeignet für einen verschneiten Dezembertag«, sagte Katinka zu sich selbst. Sie erschrak, als ein Mann neben ihr stehen blieb und ins Schaufenster starrte. Er hatte Kopfhörer in den Ohren, aus denen ›Marmorstein und Eisen bricht‹ plärrte. Verzweifelt musterte er die Klamotten jenseits der Scheibe. Katinka ging achselzuckend weiter.

Neben der Crêpebude stand Kira Müller und versuchte, eine vor Schokoladensoße strotzende Crêpe in ihren Mund zu befördern, ohne die weißen Fingerhandschuhe schmutzig zu machen.

»Berichten Sie in Ihrem Magazin darüber?«

Kira fuhr zusammen. Die Crêpe rutschte ihr aus dem Pappdeckel. Katinka hielt die Hand drunter und fing das Teigteil auf. »Sorry.«

»Ach, Sie sind das!« Es klang, als habe sie jemand anderen erwartet. »Nein. Ich berichte nicht. Ich hatte Hunger.« Resigniert nahm sie Katinka die Crêpe aus der Hand, biss noch einmal ab, warf den Rest in den Papierkorb und zog mit einem Fluchen die schmutzigen Handschuhe aus.

»Nichts für ungut.« Katinka kam sich ziemlich dumm vor. War es ihre Schuld, wenn Kiras Nerven schlecht waren und sie sofort fallen ließ, was sie in den Händen hielt, sobald man sie ansprach? Sie wandte sich zum Gehen.

»Warten Sie.« Kira packte Katinka am Arm. »Weiß man schon was Neues? Wann kann ich Caro sehen? Sie liegt im Krankenhaus in Haßfurt. Wird total abgeschottet. Verstehen Sie, warum?«

»Schon, ja.« Katinka machte keine Anstalten, Kira die Hintergedanken der Mordkommission zu erläutern.

»Ich brauche ein Interview mit ihr. Mein Chefredakteur mault. Wenn ich bis morgen nichts bringe, wird Caro Terento von der Liste gestrichen. Wahrscheinlich für immer.«

Hoppla, das klingt aber endgültig, dachte Katinka. »Dann machen Sie einfach mit den Crêpe-Ständen weiter. Oder warten Sie: Kennen Sie Claudius Gefell?«

»Wen?«

»Ein talentierter Koch, in Franken eine große Nummer. Ist spezialisiert auf eigens auf seine Gerichte abgestimmte Gewürzmischungen. Seine Bude steht dort oben«, Katinka wies durch die Fußgängerzone, »an der Oberen Rathausbrücke. Gehen Sie Richtung Dom, und Sie können ihn nicht verfehlen.«

Kira nickte Katinka zu und stapfte davon. Aufgeblasene Pute, dachte Katinka. Im Augenblick jedoch war sie gedanklich mit anderem beschäftigt. Sie hatte immer noch kein Geschenk für Hardo. Wahrscheinlich war ein Buch das Mittel der Wahl. Hardo hatte Germanistik studiert, bevor er Polizist geworden war, und er las mit Leidenschaft, sofern er Zeit dazu hatte. Katinka wollte gerade in die Buchhandlung, als ihr Handy klingelte.

»Sie werden lachen, was ich rausbekommen habe.«

Katinka verdrehte die Augen.

»Herr Wischnewski! Sie erschrecken mich. Noch mehr Recherchearbeit, so kurz vor Weihnachten?«

»Der Globus dreht sich bekanntlich nach den Feiertagen auch noch. Das stellt man jedes Jahr aufs Neue fest.«

»Da ist was dran.«

»Haben Sie Lust, mich im Sternla zu treffen? Die haben eine Eisbar im Innenhof.«

»Sie lassen ja doch nicht locker.« Seltsam, dachte sie, als sie die Buchhandlung betrat. Alle recherchieren und forschen, bloß ich taumele durch die Weltgeschichte, als wenn wirklich nur noch Weihnachten bevorstünde und ansonsten nichts.

Sie kaufte für Hardo ein Buch über einen

Philosophen, der mehrere Jahre mit einem Wolf zusammengelebt hatte, und machte sich auf den Weg zu Bambergs ältestem Gasthaus.

›Eisbar ab 19 Uhr‹, stand auf einem Schild. Katinka ging durch die Schwemme, trat in den Hof hinaus und stand vor einem kleinen Wunder: Dicke Eisblöcke waren zu einer Bar aufgetürmt worden. Dahinter hüpfte eine junge Frau mit Pudelmütze auf und ab. Eine clevere Lichttechnik sorgte dafür, dass das Eis alle paar Sekunden in einer anderen Farbe leuchtete. Türkis, grün, lila.

»Super, was?« Dante kämpfte sich durch den Pulk früher Gäste.

»Abgesehen von der Temperatur.«

Dante grinste. Er hielt ein Proseccoglas in der Faust. »Möchten Sie auch einen?«

»Warum nicht.« Katinka klemmte ihr Buch unter den Arm und nahm ein Glas entgegen, das ihr das Mädchen hinter der Bar hervorreichte. Morgen haben die alle Schnupfen, dachte sie.

»Kommen Sie mit, dahinten brennt ein Feuerchen zum Aufwärmen.«

»Weit genug von der Eisbar?«

»Lästern Sie nicht. Warum lehnen Sie Trends

so rundweg ab? Sie sollen hier ja nicht übernachten. Ein Prosecco und gut ist's.«

»Also, was haben Sie ausgebuddelt?« Katinka stellte sich nah ans Feuer. Sofort stieg ihr der Geruch nach Rauch und Holz in die Nase. Auch ein paar andere Gäste rückten mit ihren Getränken in die Nähe. Feuer fasziniert einfach, dachte Katinka. Dem kann man sich nicht entziehen. Hat vielleicht was mit unseren Genen zu tun, die noch auf Steinzeit eingestellt sind.

»Ihr Problem, wenn Sie mit Lifestyle nichts am Hut haben.« Dante schob mit einer Hand seine Ohrenklappenmütze zurecht. »Dabei entgeht Ihnen nämlich einiges. Ich für mein Teil rezipiere eine Menge Journale und Magazine aus diesem Bereich, weil ich herausfinden will, was an ihnen gut gemacht ist.«

»Und? Vorlesung Teil zwei?«

»Gut gemacht ist, dass sie unterhaltsam und flott geschrieben sind. Die Themen sind meist banal und langweilig, aber die Texte sind gut aufgemacht. Das macht die öden Inhalte wett. Genau dafür interessiere ich mich: Wie kann man eine Sache, die an und für sich niemanden vom Hocker reißt, so bringen, dass jemand das Heft kauft?«

»Lassen Sie mich überlegen. Es geht darum, dass Sie Ihre Karriere im Wissenschaftsjournalismus planen.«

»Exakt. Da geht es um dieselbe Problematik. Andere Themen, aber die gleiche drängende Frage: Wie beschreibe ich einen letztlich langweiligen Vorgang so, dass die Leser dranbleiben?«

»Und? Wie machen Sie das?«

Dante nippte an seinem Prosecco. An der Wand vor ihnen leuchtete ein Dia auf. »He, eine Power-Point-Präsentation!« Musik begann aus einem Lautsprecher zu dröhnen. Begeistert hopste Dante auf und ab, als wolle er einen Hip-Hop-Preis gewinnen. »Das ist jetzt nicht die Frage«, rief er durch den Lärm. »Ich habe mich mit Stars & Kitchen befasst. Eine ehemalige Kommilitonin angerufen, die dort gerade ein Volontariat macht. Und es stellte sich heraus«, er trank den Prosecco aus und stellte sein Glas ab, »dass Stars & Kitchen rote Zahlen schreibt. Kann sogar sein, dass die Dezemberausgabe die letzte war.«

Katinka zog den Schal enger um ihren Hals. »Das heißt, Kira Müller bemüht sich vergebens.«

»Kira Müller? Die Tussi, die für die halben Promiportionen zuständig ist?« Dante lachte.

»Was wissen Sie über sie?«

»Kira darf nicht die großen Fernsehköche interviewen oder nach Mexiko fliegen, um eine Reportage über lebendige Insekten in Sandwiches zu machen. Sie kriegt den Kleinkram. Solche Leute wie Caro Terento.«

»Was ist denn daran schlecht?«

»Ich bitte Sie: Caro Terento ist vielleicht lokal ein Thema. Aber ansonsten lebt das Lifestylegeschäft von Emotionen, und die kriegt man mit einer italienischen Köchin in Franken nicht aufs Papier.«

Katinka nickte. Ihr Prosecco war eisig. Sie stellte das volle Glas weg und sagte: »Sie meinen, dass Kira Müller richtig Glück hatte, einem Kochkurs beizuwohnen, wo sie eine Menge Emotionen gratis mitgeliefert bekam?«

»Mordversuch im Kochkurs: Mensch, Frau Palfy. Da fliegt mir schon der Stift weg vor lauter Ideen! Interviews mit den anderen Teilnehmern. Motto: Was haben Sie gefühlt? Ja, das will der Leser wissen, das kann sogar den Weg auf den Titel schaffen!«

»Welche Dimensionen!«

»Nun frage ich Sie, Frau Palfy: Halten Sie

es für möglich, dass Kira Müller ein bisschen nachgewürzt hat?«

»Für eine gute Story?«

Dante bleckte die Zähne. »Was glauben Sie, was ich für eine gute Story täte.«

Es gibt Menschen, die Gefahr laufen, an ihrem eigenen Geltungsbedürfnis zugrunde zu gehen.

20. DEZEMBER

»Sie hat sich finanziell völlig übernommen!« Hardo stemmte die Hände in die Jackentaschen. »Landhaus in Apulien und solche Scherze. Wollte dort Kochkurse geben, Bed & Breakfast anbieten. Alles Essig!«

Katinka stand neben Hardo auf der Oberen Rathausbrücke. Sie blickten auf Klein Venedig hinunter.

»Was sagt Ruth Stein?«, fragte Katinka.

»Sie brauchte einige Zeit, bis die Papiere, die die italienische Polizei gefaxt hat, übersetzt waren. Caro Terento hat einen Kredit von 250.000 Euro zu tilgen. Da siehst du schnell alt aus.«

»Uns würde die Bank keinen Kredit über 250.000 geben!«

»Kann ich der Bank nicht verdenken.«

»Du meinst, die Bank ist selbst schuld?«

Hardo grinste. »So würde ich es nicht sagen wollen.«

»Aber was ich heraushöre, ist doch: Hat Caro Terento diese Morde begangen, um Publicity zu bekommen? Um berühmt zu werden?

Um Kohle zu machen, damit sie aus ihrem finanziellen Loch herauskommt?«

»Wir werden jetzt intensiv in ihrem Umfeld ermitteln.«

»Ihr Lebensgefährte stammt aus Franken«, erinnerte sich Katinka. »Das scheint der Grund zu sein, warum sie überhaupt hierherkam.«

»Woher weißt du das?«

»Kira Müller.«

»Die Tusse von diesem Angebermagazin?«

»Wenn du so willst. Laut Dante schreibt der Kassiber rote Zahlen.«

Hardo schnaubte. »Die beiden werde ich mir dermaßen unter die Pupille nehmen …«

»… bis sie platzen«, ergänzte Katinka. »Sei nett zu ihnen. Bald ist Weihnachten!«

Hardo nahm Katinkas Gesicht in seine riesigen Hände und küsste sie auf die Stirn. »Nur noch eine kleine Weile. Ab Silvester habe ich Urlaub.«

»Na, dann!« Katinka blickte Hardo nach, wie er die Kapuzinerstraße hinunterstürmte. Sie ging langsam hinterher, bog dann aber in die Hasengasse ab und schloss ihre Detektei auf. Den Mann, der neben dem Baugerüst gewartet hatte, bemerkte sie erst, als sie schon halb in ihrem Büro stand.

»Entschuldigen Sie. Frau Palfy?«
»Und Sie sind …?«
»Bertram Lengfurter. Arbeiten Sie noch?«
»Aber sicher. Kommen Sie rein.«

Katinka bot Lengfurter in einem ihrer Besuchersessel Platz an. Ihr Blick fiel auf den immer noch prall gefüllten Adventskalender. Seit gut zwei Wochen hatte sie die Schokolade einfach vergessen. Das wäre Hardo nicht passiert. »Was kann ich für Sie tun?« An und für sich hasste sie diese Eröffnung eines Kundengespräches. Aber ihr war noch keine bessere Phrase eingefallen, die genauso wirkungsvoll gewesen wäre.

»Ich bin Caro Terentos Lebensgefährte.«

Katinka musterte Lengfurter. Ein Genießertyp. Untersetzt, nicht durchtrainiert, nicht sportlich. Marke Sofahocker. Viel Schweinefleisch, viel Wurst, viel Bier. Sinnlich-fränkisch eben.

»Caro ist völlig deprimiert und durcheinander. Ich habe gestern Abend Stunden an ihrem Bett gesessen, um sie abzulenken und zu beruhigen. Die Polizei schießt sich glatt darauf ein, dass Caro etwas zu diesen Morden beigetragen hat!«

Katinka zog den Mantel aus und warf ihn über den Schreibtisch.

»Aber … das ist unmöglich.« Er hob die Arme und ließ sie wieder fallen. Caro … unmöglich!«

»Was erwarten Sie von mir?«

»Ich möchte Sie bitten, in die Ermittlungen einzusteigen. Caro zu entlasten und dabei herauszufinden, wer die Morde begangen hat.«

Blitzschnell peilte Katinka die Lage. Nähme sie den Auftrag an, würde sie Hardos Ermittlungen in die Quere kommen. Doch andererseits: Wollte sie hinnehmen, dass ihre Rücksicht auf Hardos Beruf ihren Job auf Eis legte?

»Die Polizei spielt ja nicht Roulette. Den Verdacht gegen Ihre Lebensgefährtin haben sie nicht aus dem Hut gezaubert.«

»Was meinen Sie damit? Verdammt, in der Stadt heißt es, Sie würden nicht irgendwelchen vorgefertigten Meinungen aufsitzen. Habe ich mich getäuscht?« Lengfurters Gesicht wurde rot.

»Es zählen Fakten, keine Meinungen. Frau Terento hat sich mit ihrem Landhaus übernommen. Was wissen Sie darüber?«

»Nein, so kommen Sie mir nicht!« Lengfurter atmete heftig. »Nehmen Sie den Auftrag an? Arbeiten Sie für mich?«

»Selbstverständlich.« Katinka lehnte sich

zurück. Aber sie war nicht so entspannt, wie sie es Lengfurter gern suggerieren wollte. Rasch nahm sie ein Formblatt aus dem Schreibtisch, auf dem ihre Konditionen genannt wurden, und legte es Lengfurter vor. »Mit Ihrer Unterschrift erteilen Sie mir Ihren Auftrag. Unser Geschäftsverhältnis ist jederzeit kündbar.«

Lengfurter unterschrieb sofort. »Und jetzt will ich wissen, ob die Polizei etwas gegen Caro in der Hand hat.«

»Ich bin nicht der verlängerte Arm der Polizei!« Katinka sah zu, wie Lengfurter 500 Euro auf den Schreibtisch zählte. Fünf grüne, glatte, nagelneue Scheine. »Aber ich kann Ihnen sagen, welche offensichtlichen Ungereimtheiten der Kripo ein Dorn im Auge sind. Womöglich können Sie die entkräften?«

»Schießen Sie los!«

»Ihre Lebensgefährtin hat sich mit ihrem Landhaus in Apulien zu viel aufgebürdet. Sie kann den Kredit nicht tilgen. Der Kredit beträgt 250.000 Euro. Das ist eine Viertelmillion!«

»Das Argument trägt nicht!« Lengfurter hievte sich in seinem Sessel herum. »Das Landgut gehörte ohnehin der Bank. Caro wird bei null rauskommen, aber sie besitzt noch eine

Wohnung in Rom, und die hat sie nicht belastet.«

»Wenn die Bank mitspielt … Warum ist Frau Terento nach Franken gekommen?«

»Weil wir auf Dauer zusammenleben wollen.« Lengfurter räusperte sich. »Zuerst war geplant, dass ich mit ihr nach Süditalien ziehe. Das Wetter ist besser, alles läuft ein bisschen entspannter, wir hätten ein komfortables Haus gehabt und so weiter. Aber als sich ihr Bed & Breakfast nicht gerechnet hat, als die Bank rebellisch wurde, haben wir beschlossen, dass wir es gemeinsam hier versuchen. Ich arbeite als Konditor. So haben wir uns kennengelernt, verstehen Sie! Im Frühling. Auf einem Festival, das von einem Kochmagazin in Freiburg im Breisgau organisiert wurde. Ich habe meine Stelle natürlich noch nicht aufgegeben. Aber ich hätte es auf lange Sicht getan, wenn es mit dem Haus in Apulien geklappt hätte.«

»Meinen Sie Stars & Kitchen?«

»Genau.«

»Große Nummer in der Szene?«

»Meiner Meinung nach ist die Redaktion zu bemüht, Trends zu machen. Sie sollten ein wenig nüchterner und sachlicher bleiben. Aber ich kümmere mich gar nicht um solche Schwafelblätter. Ich backe lieber für meine Stammkunden.«

»Caro Terentos größtes Problem ist, dass die Morde alle, ausgenommen der Todesfall an der Regnitz vor zehn Tagen, in ihren Kochkursen stattfanden. Ich habe am ersten teilgenommen. Ich habe gesehen, wie das Opfer in seinen letzten Lebensminuten einen Tanz aufs Parkett gelegt hat.«

»Jemand will Caro schaden!«

»Mag ja sein. Wer ist das?«

»Gefell. Jetzt ist es raus.« Lengfurter atmete erleichtert durch.

»Claudius Gefell? Ich bitte Sie: Er ist harmlos wie ein Lamm.«

»Sagten Sie nicht, bei Ihnen ginge es um Fakten, nicht um Meinungen?«

Das sitzt, dachte Katinka. »Welches Motiv sollte Gefell haben?«

»Gefell und Caro kennen sich seit diesem Festival im Frühjahr in Freiburg. Caro hat Gefell im Menüwettbewerb ausgestochen. Claudius ging mit wehenden Fahnen unter, konnte sich als Profi nicht mal gegen die Hobbyköche durchsetzen.«

»Stehen oder standen die beiden darüber hinaus in Kontakt?«

»Nein. Aber dass Caro nun in Franken arbeitet, muss dem Mann schon sauer aufstoßen.«

»Wo bezieht Frau Terento ihre Gewürze?«, hakte Katinka nach.

»Aus dem Internet.«

»Nicht von Gefell?«

»Glauben Sie, der würde Caro etwas verkaufen?«

»So schlimm?«

»Konkurrenz ist doch immer ein Thema. Gefell pustet auf dem letzten Loch.«

Caro Terento offensichtlich auch, dachte Katinka, aber sie hat das Glück, einen finanziell gut gepolsterten Mann an Land gezogen zu haben. Das fehlt Claudius.

Ich finde, dass sich Katinka zu viele Sorgen macht, Hardo ins Gehege zu kommen. Immerhin ziehen die beiden bei diesen Ermittlungen doch am gleichen Strang – oder täuscht dieser Eindruck?

21. DEZEMBER

Dankbar, dem Weihnachtswahnsinn durch einen Auftrag entronnen zu sein, widmete sich Katinka am 21. dem Papierkram und besserte ihre Laune mit Schokolade aus dem Adventskalender auf. Sie trug alle verfügbaren Informationen über Claudius Gefell, Caro Terento und das Freiburger Kochfestival zusammen. Natürlich fand sich das meiste auf der Webseite von Stars & Kitchen. Aber auch ein paar Tageszeitungen aus der Gegend hatten sich des Themas angenommen.

Katinka suchte nach Gefells Namen. Doch er wurde nirgends erwähnt. Caro Terento dagegen strahlte in ihrer stattlichen Schönheit von mehreren Fotos, neben anderen erfolgreichen und fotogenen Köchen. Katinka stieß auf einen weiteren Namen, der ihr nicht aufgefallen wäre, wenn nicht zwei Zeilen weiter ein Verweis auf fränkische Wurstspezialitäten gefolgt wäre: Otto Meurer, seit Jahren Chefkoch im Alkoven, eines von Bambergs Traditionsgasthäusern am Katzenberg, hatte ebenfalls an dem Wettbewerb teilgenommen und mit einem simplen Gericht, Leberkäse mit Kartoffelsalat, einen Preis in der Sparte ›Deftiges‹ abgesahnt.

Entschlossen löschte Katinka alle Lichter im Büro und machte sich auf den Weg zum Katzenberg.

Der Alkoven wirkte eher bayerisch als fränkisch, mit vielen Trockenblumensträußen, Hirschgeweihen und Bedienungen im Dirndl. Die Weihnachtstouristen tankten mit Schweinekrustenbraten und Schäuferla allerdings die wahre Küche Frankens. Katinka fragte nach Otto Meurer.

»Der kocht, der hat zu tun!«, raunzte eine Kellnerin im Vorbeieilen.

»Mordermittlung, sorry«, sagte Katinka und ging in die Küche. »Wer ist Otto Meurer?«, rief sie gegen den Lärm an. Es brutzelte, schmauchte und blubberte an allen Ecken und Enden. Der Alkoven war ein altes Haus, das sich zwischen zwei größeren an den Domberg geschmiegt behaupten musste. Für eine hochgerüstete Küche war kein Platz.

»Otto Meurer?« Katinka brüllte einem Koch ins Ohr, der das Kunststück vollbrachte, mehrere Soßentöpfe gleichzeitig zu betreuen.

Gehetzt wies er auf einen Mann mit auffallend langen, dunklen Koteletten, die unter seiner Kochmütze hervorwucherten. Katinka ging hinüber.

»Palfy, Privatdetektivin. Herr Meurer, ich muss mit Ihnen sprechen.«

»Jetzt? Keine Zeit! Was machen Sie überhaupt hier? Wer hat Sie reingelassen?«

»Sie könnten helfen, einer Unschuldigen in einem Mordprozess ...«

»Caro? Sie ist doch nicht etwa angeklagt?«

»So schnell schießen die Preußen nicht. Aber die Schlinge zieht sich zu.« Katinka konnte sich allmählich vorstellen, selbst bei der Commedia dell'Arte eine gute Figur zu machen.

»Warten Sie am Personaltisch auf mich. Ich komme, so schnell ich kann. Willi, wo sind die Leberknödel?«

Zehn Minuten später rutschte Meurer neben Katinka auf die Bank. »Ich habe nur ein paar Minuten.« Er goss zwei Gläser mit Orangensaft voll. »Was ist mit Caro?«

»Sie kennen sich?«

»Wir mögen uns. Nicht, was Sie denken. Sie hat einen Geliebten. Einen von hier. Nein, ich mag ihre Art, wie sie ans Kochen herangeht.

Nicht verbissen, nicht zwanghaft, nicht nur auf Moden und den schnellen Erfolg aus.«

Katinka fragte sich, ob man dasselbe nicht von Claudius Gefell sagen konnte. »Sie haben an diesem Kochfestival teilgenommen.«

Meurer wischte sich den Schweiß aus dem Gesicht und leerte sein Glas. »Wenn Sie hier Tag und Nacht stehen und den Touristen das Maul stopfen, haben Sie manchmal das Gefühl, Ihr Leben verharrt im Nichts. Ich habe diesen Beruf gewählt, weil ich Kochen mal kreativ fand. Eine Kunst, wie Geige spielen oder malen.«

»Das ist aber nicht so?«, fragte Katinka.

»Es ist ein Knochenjob. In spätestens zwei Jahren will ich mich mit einem Partyservice selbstständig machen. Hochpreisig. Um andere Kunden zu haben als diese«, er wies hinter sich, »Fresssäcke. Für die ist das Essen gut, wenn es viel ist.«

»Und heiß«, ergänzte Katinka.

»Und pünktlich auf dem Tisch steht. So habe ich mir das nicht vorgestellt.«

»Was denken Sie über die Morde?«

Meurer goss Orangensaft nach. »Ausgeschlossen, dass Caro die Todesfälle provoziert hat. Für ein bisschen Werbung ihre Teilnehmer vergiften? Niemals. Sie müssen verstehen, Frau Palfy: Die meisten Köche haben mit großer Liebe zu ihrer Arbeit angefangen. Kochen ist für uns Passion, Hingabe. Dann kommt irgendwann die Ernüchterung: Der durchschnittliche Konsument will satt werden. Ist legitim. Aber Innovationen will er nicht. Was das Essen betrifft, ist der Deutsche erzkonservativ. Und der Franke erst recht.«

»Sie meinen, Caro Terento ist genauso desillusioniert?«

»Kann gar nicht anders sein. Ich habe immer auf einem Kreuzfahrtschiff kochen wollen. Habe ich drei Jahre lang gemacht. Ödnis pur. Kochen in mehreren Schichten, um alle satt zu kriegen. Die Essenszeiten müssen akribisch eingehalten werden, sonst klappt's nicht mit dem Platzwechsel im Speisesaal. Rund um die Uhr haben wir den Leuten das Maul gestopft: Frühstück, zweites Frühstück, Mittagessen, Nachmittagsimbiss, Dinner, Mitternachtssuppe. In den Jahren auf See habe ich zehn Kilo abgenommen.«

Katinka nickte mitfühlend. »Daher stellt so ein Wettbewerb für Sie und Ihre Kollegen eine Möglichkeit dar, aus der Routine auszubrechen.«

Meurer schüttete das zweite Glas Saft hinunter. »Sie stehen Tag für Tag am selben Herd, mit denselben Kollegen, kochen dieselben Gerichte, Speisekarte rauf und runter. Da bleibt die Schöpferkraft schnell auf der Strecke.« Er schüttelte den Kopf. »Der Wettbewerb war ein Segen. Man musste sich in zwei Sparten beteiligen: Mit einer Menüfolge und einer Spezialität. Ich habe mir Leberkäse mit Kartoffelsalat rausgesucht. Gibt's hier an jeder Straßenecke. Simpler geht's nicht. Und schlechter auch nicht. Was die Leute ihren Verdauungsorganen zumuten! Für mich war klar: nur beste Zutaten. Kartoffelsalat ganz mager anmachen, den Leberkäse von einem vertrauenswürdigen Metzger beziehen. Geschickt würzen, Vorsicht mit Salz und Pfeffer, ein Hauch Muskat, denn Muskat trägt schnell auf. Ich habe einen trapezförmigen Leberkäse gehabt, dreieckige Spiegeleier, alles mit Safran bestäubt. Chili für den Kartoffelsalat.«

»Mir läuft das Wasser im Mund zusammen.«

Meurer lachte.

»Wie läuft so ein Wettbewerb?«, wollte Katinka wissen. »Wie gehen die Teilnehmer miteinander um?«

»Sie hassen einander. Sie hassen sich dermaßen, dass man sich nicht mehr traut, aus einem fremden Topf zu naschen. Entweder dir klopft einer auf die Finger, oder du hast eine Portion Rattengift im Magen.«

»Wirklich?«

»Wirklich. Die Konkurrenz und die vielen beruflichen Enttäuschungen machen die Leute zu Tieren.«

»Zu Mördern auch?«

»Du meine Güte!« Meurer presste den Handrücken an die Stirn. »Eines weiß ich: Caro ist anders. Abgeklärter. Sie sieht ihren Beruf nicht als einsamen Stern am Firmament. Kann sich auch was anderes vorstellen als die Kocherei.«

»Zum Beispiel ein Bed & Breakfast auf dem Land, mit dem sie sich übernommen hat.«

»Hat sie?« Meurer machte große Augen. »Damals haben wir uns eine Weile unterhalten. Nette Frau. Spricht gut Deutsch.«

»Und Claudius Gefell?«

»Ach, der gute Claudius. Er macht mehrere entscheidende Fehler. Erstens: Er sieht sich als Opfer. Zweitens: Er schuftet zu verbissen. Beim Kochen braucht man Humor und Leichtigkeit. Das Braten, Dünsten, Dämpfen muss bei allem Stress locker aus dem Handgelenk kommen. Und drittens: Er will unbedingt was werden. Ein Promi, der sein Konterfei auf den Klatschspalten findet und seinen Senf zu allem abgibt, was so passiert. Das ist seins.«

Otto Meurer erscheint durch und durch vernünftig. Und ziemlich sympathisch. Als würde er seine kochenden Kollegen nicht hassen.

22. DEZEMBER

Katinka strukturierte sämtliche Zeugenaussagen. Irgendwas entging ihr. Sie konnte bloß nicht eingrenzen, was.

Ihr Handy klingelte. Fluchend nahm sie ab.

»Haben Sie meinen Artikel schon gelesen?«

In Sachen Selbstverliebtheit war Dante nicht zu toppen.

»Ich schenke Ihnen einen Spiegel zu Weihnachten.«

»Danke, ich habe mehrere. Warum verfügen Sie noch nicht über ein Abo unserer Tageszeitung?« Kichernd legte Dante auf.

Katinka blieb eine halbe Minute sitzen, dann sprang sie auf, warf sich den Mantel über und lief in die Austraße. Mit einem Fränkischen Tag trat sie den Rückweg an. Schlitternd im Matsch suchte sie nach Dantes Artikel. Sie war so vertieft, dass sie den Mann übersah, der sich ihr in den Weg stellte.

»Frau Palfy, noch am Arbeiten?«

Ausgerechnet Hauke von Recken musste ihr vor die Füße laufen, ihr Archäologieprofessor zu Zeiten, als sie noch darum gekämpft hatte, ein Diplom an der hiesigen Universität zu erwerben. In einem ihrer letzten Fälle hatte sie von Recken gelinkt; ihm Interesse an einer Ausgrabung vorgegaukelt, um auszuspionieren, wie tief der Gelehrte in ein Komplott aus an den Schalthebeln der Macht sitzenden Männern verstrickt war.

»Ich arbeite nicht, ich lese Zeitung.«

»Schade, dass Sie nicht mit nach Libyen kommen konnten. Und Sie wissen: Ihrer wissenschaftlichen Karriere stünde nach wie vor nichts im Weg.«

»Danke, kein Bedarf. Schöne Weihnachten.«

Wutschnaubend ging Katinka in ihr Büro zurück. Der tickte ja nicht mehr richtig. Er hatte sie einzig und allein in Afrika dabeihaben wollen, um sie in Bamberg aus dem Weg zu räumen. Ein untertäniger Dienst für ranghöhere Geheimbündler.

Sie schlug die Tür hinter sich zu, drappierte die Zeitung auf dem Schreibtisch und fand Dantes Artikel auf der Bamberger Seite. ›Kochen fürs Volk‹, lautete die Schlagzeile. Darunter stand: ›Wie Claudius Gefell die fränkische Küche stärkt.‹

»Meine Güte, Wischnewski!« Katinka ging in den Nebenraum, setzte Wasser für Kaffee auf und las den Artikel durch. Alles lief darauf hinaus, dass Gefell sich für den Retter der traditionellen fränkischen Kochkunst hielt, der vor würzigen Neuerungen keine Angst verspürte, solange die Substanz gewahrt blieb; der jedoch als unverstandener Outlaw behandelt wurde und jede Chance nutzte, dem Volk, für das er kochen wollte, eins vorzuwinseln. Der letzte Satz allerdings ließ Katinka aufhorchen. Gefragt nach seinem Verhältnis zur Konkurrenz antwortete Gefell: ›Konkurrenz belebt das Geschäft, aber ohne Konkurrenz lebt es sich besser.‹

Donnerwetter, dachte Katinka. Wie Hardo es ausdrücken würde: Ich muss mir den guten Claudius doch mal unter die Pupille nehmen. Sie griff zum Adventskalender und naschte die Schokolade aus den Türchen 14 bis 20.

Der Schnee war in Regen übergegangen, als Katinka um halb sechs auf die Obere Rathausbrücke zuschritt. Dante hatte sich ihren Plan angehört, ein, zwei Verbesserungsvorschläge gemacht und versprochen, mit seiner größten Kamera anzurücken.

Er wartete bereits vor dem Café Riffelmacher. Der Betrieb war unglaublich. Das Weihnachtschaos brach sich ungehemmt Bahn. Wer bislang von der Hysterie noch nicht infiziert war, hatte kaum eine Chance, sich schadlos zu halten.

»Soll es gleich losgehen?«, fragte Dante.

»Warten Sie zwei Minuten. Ich verwickle ihn in ein Gespräch, dann kommen Sie dazu.«

»Toller Plan, wirklich erste Sahne!« Dante quietschte vor Vergnügen.

Katinka ging zu Gefells Bude hinüber. »Guten Abend.«

»Na, Frau Palfy? Noch was Schmackhaftes gefällig für die Weihnachtsmahlzeit? Oder denken Sie schon an das Katerfrühstück an Neujahr?«

»Unter anderem. Ich hätte gern noch einmal Ihre Würzmischung für Scharfes, und führen Sie nicht auch Lebkuchengewürz?«

»Sie bekommen alles bei mir. Gewürze sind mein Leben«, rief Gefell lachend.

»Ich habe den FT-Artikel gelesen. Tolle Werbung für Sie.«

»Allmählich klappt das Selbstmarketing.«

»Sie haben einen gewaltigen Vorsprung vor Caro Terento. Kaum steht deren Name in der Zeitung, denkt jeder an Mord.«

»Dramatische Sache.« Gefell wühlte in seinen Regalen. »Warten Sie.« Er bückte sich und nahm ein Tütchen unter seinem Ladentisch weg. »Hier. Die eiserne Reserve. Großzügig zugeben.«

»Herr Gefell!« Dante galoppierte auf die Gewürzbude zu. »Ich wollte ein Bild machen. Mit Ihnen und den Wirten aus den anderen Ständen – fürs Internetportal!«

Gefell starrte Dante groß an.

»Ja, Sie wissen doch: Jetzt hat der Leser von Ihnen gehört, da müssen wir gleich nachlegen. Nachwürzen, in Ihrem Jargon.«

»Aber ich ...« Unsicher sah Gefell sich um. »Meine Kunden!«

»Gehen Sie ruhig!«, ermuntere Katinka ihn. »Ich bleibe, bis Sie wiederkommen.«

»Dauert nur ein paar Minuten.« Dante zeigte seinen Fotoapparat vor, der schwarzglänzend und aggressiv auf seiner Handfläche hockte.

Der Meisterkoch zog ab. Ruhm macht süchtig und befriedigt nie, dachte Katinka, während sie durch die Seitentür in Gefells Bude schlüpfte. Rasch ging sie die Tüten in den Regalen durch. Zum Teufel, hier stand noch eine ganze Batterie Lebkuchengewürz. Katinka nahm ein Tütchen heraus und steckte es in die Manteltasche.

Dann bückte sie sich unter die Ladentheke. Verborgen hinter ein paar alten Ausgaben früherer Kochbücher aus Gefells Feder warteten weitere Zellophantütchen auf Abnehmer. Unbeschriftet. Wie das, welches Gefell ihr eben als angeblich letztes Exemplar für gute Kunden verkauft hatte. Katinka schnappte sich ein paar, rückte die Bücher wieder zurecht und stützte die Arme auf den Tresen. Keine Sekunde zu früh. Mit roten Wangen tauchte der Starkoch wieder auf. Unmerklich nickte Katinka Dante zu, der machte feixend das Victoryzeichen hinter Gefells Kopf.

»Danke, Frau Palfy!« Der Koch kam in seinen Stand, ließ sich schnaufend auf einen Hocker sinken und fügte hinzu: »Also, berühmt sein, das wäre nichts für mich. Zu anstrengend.«

Nehmen wir einmal an, Gefell habe etwas mit den Morden zu tun; wie konnte er seine ›Spezialmischungen‹ gerade jenen Personen unterjubeln, die später bei Caro Terento einen Kochkurs besuchten?

23. DEZEMBER

»Könnt ihr rauskriegen, ob diese Art Zellophan identisch ist mit denen, die ihr an den Tatorten sichergestellt habt?« Katinka lehnte an Hardos Schreibtisch. »Außerdem möchte ich wissen, warum der Herr Meisterkoch seine Reservemischungen nicht etikettiert.«

Hardo betrachtete zweifelnd Katinkas Ausbeute, die sie vor ihm abgelegt hatte. »Vermutlich, um es schwieriger zu machen, die Herkunft dieser Dinger zu bestimmen.«

»Gib die Gewürze ans Labor. Irgendwas stimmt da nicht. Er hatte noch massenweise von dem Zeug im Regal, machte mir aber weis, auf seine eisernen Reserven zurückgreifen zu müssen. Und die Konsistenz von dem hier«, sie wog die Dose mit der Spezialmischung für Geflügel in der Hand, die Gefell ihr vor ein paar Tagen verkauft hatte, »würde mich auch interessieren.«

»Katinka, findest du das nicht weit hergeholt? Außerdem haben wir am 5. und 6. Dezember Gefells Vorräte gefilzt. Da war alles astrein, bis auf die Lackreste!«

»Dann muss er irgendwo noch ein Lager haben, das ihr nicht kennt«, wandte Katinka ein.

»Wie soll Gefell denn das Gift, wenn es Gift ist, an die Opfer gebracht haben? Und wo ist das Motiv?«

»Ha! Endlich haben wir ein starkes Motiv!« Katinka berichtete Hardo von ihrem Gespräch mit Meurer. »Köche hassen einander. Die tägliche Plackerei drückt sie nieder, sie verraten ihre Träume von einem kreativen Job und sind vor Neid zerfressen.« Sie stieß sich von Hardos Schreibtisch ab. »Caro Terento ist eine Konkurrentin für Gefell. Er fängt gerade an, sich aufzurappeln. Versucht es mit Kochkursen, schreibt Kochbücher, kämpft darum, in der Öffentlichkeit wahrgenommen zu werden. Dann taucht Caro Terento auf. Sie bekommt sofort, beinahe automatisch, die Publicity, die Gefell haben will.«

»Also vergiftet er die Teilnehmer an Terentos Kochkursen?« Hardo sah zweifelnd drein, dennoch nahm er den Telefonhörer ab und rief im Labor an. »Sie versuchen es bis morgen Abend«, sagte er, kaum dass er aufgelegt hatte.

Sabine Kerschensteiner steckte den Kopf herein. »Wir haben den Räuber.«

»Welchen?«, fragten Katinka und Hardo gleichzeitig.

»Es stehen ja einige zur Auswahl!« Sabine lachte. »Gondel, Maria ... nein, wir haben den, der das Juweliergeschäft mit seiner Anwesenheit beehrt hat.«

»Ich komme.« Hardo war schon an der Tür.

Katinka radelte in ihre Detektei. Dort vertiefte sie sich ein weiteres Mal in Dantes Artikel über Gefell. Sogar seine Pläne für das Weihnachtsfest gab der Koch bekannt. Als Abendessen plante er Karpfen polnische Art und nach der Bescherung wollte er zur Mitternachtsmesse in den Dom. Katinka fiel erst jetzt auf, dass Weihnachten ganz nah herangerückt war, sozusagen vor der Tür stand. Den ganzen Advent hatte sie vertrödelt, war nicht richtig in die Gänge gekommen, hatte nicht einmal die Schokolade aus dem Adventskalender pünktlich vertilgt. Auch wenn sie Gefell die Morde nicht zutraute – irgendwie passte alles zusammen. Der mondgesichtige Claudius war kein Typ, der einem anderen mit dem langen Metzgermesser auflauerte. Das war ihm zu blutig, zu direkt. Aber der Giftmord ... Katinka schlug mit der flachen Hand auf den Tisch. Gefell hatte nicht zusehen müssen, wie seine Opfer zusammenbrachen. Wenn nur das Labor schneller arbeiten würde. Sie rief Lengfurter an. Wenigstens konnte sie ein paar andere Spuren ausschließen.

»Wissen Sie, wo Ihre Lebensgefährtin ihre Gewürze gekauft hat?«

»Im Internet. Habe ich doch schon gesagt.«

»Haben Sie die Webadresse?«

»Warten Sie.« Lengfurter legte den Hörer hin. Katinka hörte das Klicken einer Tastatur. Dann gab ihr Klient die URL durch.

»Danke.«

Auflegen und die Adresse eingeben war eins. Vor Katinka baute sich Adis Gewürzshop auf. »Ach nee!« Sie lachte laut. Der Shop hatte seinen Sitz im niederösterreichischen Horn. Rasch klickte Katinka durch das Angebot. Dann verließ sie das Internet. Adis Gewürze wurden nicht in Zellophantütchen geliefert. Sondern in spitzen Tüten, die man in Österreich Stanitzel nannte.

»Gut, das wäre erledigt.« Katinka schlüpfte in ihren Mantel und schlenderte zur Oberen Rathausbrücke.

Gefell wuselte in seinem Stand umher. Sie

winkte ihm zu. Er winkte zurück. Verhalten? Zweifelnd? Katinka war sich nicht sicher. Vermutlich saß sie einem idiotischen Fehlschluss auf und verdächtigte einen Unschuldigen. Aber irgendwer musste die drei Frauen und den Mann auf dem Gewissen haben. Sie wandte sich am Hofbräu nach links, überquerte den Steg an der Brudermühle und umrundete das alte Rathaus Geyerswörth. Gefell war in seiner Bude noch gut beschäftigt. Gesetzt den Fall, er hatte vergiftete Gewürze an Kunden abgegeben, dann offenbar nur an Kunden, die bei Caro Terento einen Kochkurs besucht hatten. »Bevor sie zum Kochkurs gingen«, fügte Katinka laut hinzu und erschreckte einen Penner, der es sich mit Bier und Cola auf einer Bank am Alten Kanal gemütlich gemacht hatte. Sie selbst hatte ihm am Stand erzählt, dass sie an Caros Kochkurs teilgenommen hatte. Daraufhin hatte Gefell zu den Sonderrationen gegriffen. Sie trat auf die kleine Brücke, die über den Kanal führte, und stützte die Ellenbogen auf das Geländer. Marga Ofenstaller, Jennifer Katz, Hilde Fromm, Karl Spree. Alle tot. Dann Susanne Schuh aus Königsberg, die durchgekommen war. Einfach zu monströs. Mord aus Neid. Aber ein altes Motiv. Neid und Eifersucht. Wer weiß, wie viele andere leidenschaftliche oder auch nur neugierige Hobbyköche Gefells Spezialmischungen im Schrank stehen hatten, um sie morgen auf die Weihnachtsgans zu streuen?

Katinka rannte zurück in die Hasengasse.

Im Internet rief sie Gefells Hot Spicy Business auf. Claudius bot an, einen Newsletter an Kunden zu verschicken. Katinka registrierte sich. Prompt flatterte ihr das aktuelle Pamphlet in die Mailbox. Und was sie kaum zu hoffen gewagt hatte: Gefell war einer von denen, die zwar mit dem Internet operierten, dies aber nicht besonders professionell taten. In der Adresszeile waren alle Mailadressen angegeben, an die der Newsletter verschickt wurde. Katinka brannten die Augen. Sie druckte alles aus und stürzte sich wie ein Habicht auf das Blatt. Bis auf Karl Spree hatten alle Opfer Gefells Newsletter abonniert. Allerdings konnte sie einige Mailadressen nicht zuordnen. Manche Leute nannten sich Zeisig oder Grünspan oder suchten sich nichtssagende Ziffernfolgen aus.

Katinka fuhr ihren Rechner herunter und schaltete das Radio ein. In Radio Galaxy kamen die Nachrichten. Katinka räumte ihren

Schreibtisch auf, hielt aber inne, als folgende Meldung durchgegeben wurde: ›Elmar Kraut, Vorsitzender des Vereins ›Stamm der Franken‹, hat soeben seinen Rücktritt bekannt gegeben. Kraut gab persönliche Zerwürfnisse an und trat aus dem Verein aus.‹

Persönliche Zerwürfnisse – dieses Schlagwort kann im Grunde jede Art von Zwist und Streit bezeichnen, oder?

24. DEZEMBER

Kurz nach halb neun stand Katinka in der Küche von Lengfurters Wohnung, die Caro Terento seit einigen Wochen mit ihm teilte, und sackte sämtliche Gewürze ein, die sie finden konnte.

»Danke, Frau Palfy«, sagte Lengfurter an der Tür. »Caro und ich vertrauen auf Sie.«

»Fröhliche Feste!«, rief Katinka durch das Treppenhaus, während sie zwei Stufen auf einmal nahm.

Es schneite nicht mehr. Die Matschreste in den Rinnsteinen nahmen stündlich ab. In Kürze würden nur noch Splithäufchen übrig bleiben.

Der Besuch bei Lengfurter war einfach gewesen. Das Schwierigste stand ihr noch bevor.

Als sie Hardos Büro betrat, hörte sie Hardo schimpfen. »Vergesst Kraut!«, tobte er. Das klang ziemlich ulkig, weil er am Morgen mit einer Erkältung aufgestanden war und nach jeder dritten Silbe zu husten begann.

»Elmar Kraut hat gestanden, die Gondel

nach Haßfurt transportiert und Maria gegen die Sexpuppe ausgetauscht zu haben«, erklärte Sabine, während Katinka verdutzt von einem zum anderen schaute.

»Ja, es gibt Leute, die arbeiten, während die Freiberufler in den Betten liegen.« Hardo warf eine Familienpackung Tempos auf seinen Schreibtisch. »Der ›Stamm der Franken‹ hat offensichtlich nicht nur Schnarchnasen an Bord. Die Vereinsmitglieder haben selbst recherchiert und herausgefunden, dass ihr Vorsitzender diese Delikte zu verantworten hat.«

»Ach was, Delikte«, murmelte Katinka. »Das waren blöde Scherze, nichts weiter.«

»Zustimmen kann ich dir höchstens im Vergleich zu den Giftmorden. Kerschensteinerin, rufen Sie im Labor an. Die sollen sich sputen.«

»Falls heute Vormittag dort überhaupt noch einer rumhängt.«

»Stopp!« Katinka hob die Hand mit Caros Gewürzen. »Hier sind weitere Proben. Von der Terento. Sie bestellt in Österreich. Die Mischungen werden im Stanitzel geliefert. Nicht in Zellophantüten wie Gefells!«

Zornig riss Hardo den Hörer von der Gabel

und tippte die Labornummer. »Was ist los! Kriegt ihr heute noch den Hintern hoch? Was ist mit unseren Proben? Es geht um Leben und Tod. Fingerhut, Mutterkorn, Nikotin. Oder etwas anderes. Verdammt, dann stopfen Sie Ihrer Schwiegermutter eben eine Stunde später das Maul mit der Weihnachtsgans. Ich schicke Nachschub.« Hardo hängte ein und ging mit Caros Gewürzen auf den Gang, wo er einen Kollegen bat, die Tüten sofort zum Labor zu bringen.

»Gefells Zellophanverpackungen sind identisch mit denen, die wir an den Tatorten sichergestellt haben«, berichtete Sabine. »Das kann aber auch Zufall sein. Und wenn wir die Bevölkerung jetzt aufrufen, bei Gefell gekaufte Gewürze nicht zu verwenden, warnen wir den Küchenchef und riskieren, dass er sich aus dem Staub macht.«

»So leicht ist das nicht. Der Staatsanwalt ist auf unserer Seite«, begann Hardo und flüchtete sich in einen Hustenanfall.

»Abhauen kann man flotter, als die Polizei denkt«, gab Katinka ihren Senf dazu. »Aber ich schätze mal, er hat ohnehin nur bestimmten Leuten seine ›Spezialpräparate‹ untergejubelt: denen, die ihm fahrlässigerweise gesagt haben, dass sie bei Caro einen Kochkurs belegt haben. Karl Spree, das vierte Opfer, hatte das Pech, sein Gewürz nicht während des Kurses, sondern Tage später zu Hause in sein Essen zu rühren.«

»Ich habe den Verdacht, dass du parteiisch geworden bist.« Hardo trommelte mit den Fingern auf einen Stapel Akten.

»Caros Lebensgefährte hat mich engagiert.«

»Prächtig!« Hardo explodierte, wurde aber von einem weiteren Hustenausbruch daran gehindert, verbal auf Katinka loszugehen.

Toll, dachte Katinka. Weihnachten eskaliert einfach immer.

Warnend hob Sabine die Hand. »Nur kein Streit. Im Ernst, Chef: Wir haben alle Spuren ausgetrocknet. Bis auf eine. Diese eine heißt Claudius Gefell.«

»Denken Sie nach, Kerschensteinerin!« Hardo krächzte wie ein angeschossener Rabe. »Die Lady von Stars & Kitchen haben wir noch auf der Liste.«

»Kira Müller?« Katinka schüttelte den Kopf. »Sie hat Pech, wenn ihr Magazin eingeht, und ihr Chefredakteur ist wahrscheinlich ein Ekelpaket, aber ...«

Hardo raunzte irgendetwas. Katinka und

Sabine wechselten einen Blick. Sie mussten an sich halten, trotz der Anspannung nicht laut loszulachen.

»Was ist mit Susanne Schuh?«, fragte Katinka.

»Weihnachten verbringt sie bei ihren Eltern. Ruth Stein hat für Personenschutz gesorgt.« Hardo stand auf. »Also los. Holen wir uns in der Kantine was zu beißen, und dann heben wir das Labor aus den Angeln.«

Eine knappe Stunde später rückten Katinka, Sabine und Hardo einer sichtlich genervten Laborantin auf den Pelz.

»Erzählen Sie mir nichts von Ihrer Schwiegermutter!«, blaffte Hardo sofort. »Ich weiß, wovon Sie reden, aber die Gewürze sind jetzt wichtiger.«

»Mutterkorn«, sagte die Laborantin. Sie war Mitte 40 und völlig überarbeitet. Tageslicht konnte sie seit Wochen nicht gesehen haben, so blass war sie. »In höherer Konzentration als in der ersten Mahlzeit der Serie.«

»In der Tüte, die Gefell mir verkauft hat?«, fragte Katinka. Sie hatte damit gerechnet, diese Lösung einkalkuliert, aber sie konnte trotzdem kaum glauben, was sie da hörte.

Die Laborantin schwenkte ein paar Ausdrucke. »Die Mischungen in den spitzen Tüten sind sauber. Ich habe außer auf Nikotin, Mutterkorn und Digitalis auch auf Colchicin, Schierling und Schwarze Tollkirsche getestet.«

»Unglaublich«, murmelte Sabine.

»Jetzt müssen wir handeln! Kerschensteinerin, sehen Sie zu, dass Sie ein paar Kollegen zu Gefells Bude kriegen. Katinka und ich peilen seine Wohnung an.« Hardo hustete eine ganze Latte Befehle in sein Telefon.

Während sie in Hardos Golf zum Kunigundendamm rasten, wo Gefell wohnte, schickte Katinka eine diskrete SMS an Dante.

»Keiner zu Hause!«, rief der Einsatzleiter Hardo zu, kaum dass dieser sich aus dem Auto gestemmt hatte.

»Zeugen befragen!«, schnauzte Hardo. Er klingelte bei Sabine an.

»Die Gewürzbude ist dicht«, gab Sabine durch. »Total verrammelt. Seine Standnachbarn geben an, er sei heute Morgen da gewesen, dann aber Hals über Kopf abgezogen. Dabei könnte er jetzt noch das Geschäft seines Lebens machen.«

»Verdammt! Fahndung!«

»Jemand hat gequatscht«, sagte Katinka mehr zu sich selbst. Sie lehnte sich an die Hausmauer und ließ den Blick über den Kanal schweifen. »Bloß: wer?«

»Jacke wie Hose. Sag mir lieber, wo wir ihn kriegen!«

»Vielleicht sollten wir davon ausgehen, Herr Polizeihauptkommissar, dass er noch gar nicht Lunte gerochen hat«, meldete sich eine Stimme zu Wort.

»Ich krieg die Milben!« Katinka musste lachen. »Schneller als die Polizei erlaubt, würde ich sagen.«

Schulternzuckend wies Dante Wischnewski auf ein Taxi, das gerade wendete.

»Was will denn der Kakadu hier?«, fragte Hardo übellaunig und wies auf Dantes Ohrenklappenmütze.

»Alpakawolle«, nickte Dante freundlich. »Wäre auch was für Sie.«

Katinka biss sich auf die Lippen. Hardo hasste Anspielungen auf seinen völlig kahlen Kopf.

»Wie kommen Sie drauf, dass Gefell noch gar nicht mitgekriegt hat, dass wir ihm nachsteigen?«, hustete Hardo.

»Tja, weil ich heute früh an seiner Bude vorbeigepirscht bin. Er baute gerade sein Zeug auf, als sein Handy klingelte. In aller Eile packte er zusammen. Sagte mir, seine Schwester sei mit einer akuten Blinddarmentzündung ins Klinikum gekommen.«

Hardo hatte das Handy schon am Ohr.

Sandra Gefell hatte die Operation laut Oberarzt gut überstanden. Ihr Bruder war jedoch nirgends zu sehen.

»Er ist ungefähr vor einer Dreiviertelstunde gegangen«, sagte eine Krankenschwester abgehetzt. »Hat auch lange genug hier gewartet.«

»Aber zu Hause in seiner Wohnung ist er nicht. Unsere Leute stehen da wie festgewachsen.«

»Festgefroren, vermute ich eher«, sagte Dante.

Es muss an Hardos Erkältung liegen, dass das Nachwuchstalent immer noch um uns herumhüpft. Wäre er in Form, hätte er Dante nach Strich und Faden zerlegt, dachte Katinka.

»Er kann irgendwo essen gegangen sein«, warf sie ein. »Hat er andere Verwandte, bei denen er sich aufhalten könnte?«

»Nichts bekannt.« Hardo tigerte auf und ab.

»Essen gegangen! Ich lach mir einen Ast. Es ist gleich sechs. Inzwischen knuddeln sich alle unter den Weihnachtsbaum und singen.«

»Vielleicht ist er in einer Kirche«, schlug Dante vor.

»Bingo!« Katinka sah die Männer aufgeregt an. »Haben Sie in Ihrem Artikel nicht geschrieben, er hätte geplant, die Mitternachtsmette zu besuchen?«

»Der Traum meiner verschnupften Nächte«, brummte Hardo und schnäuzte sich. »Mit dem SEK den Dom zu stürmen.«

Doch genauso kam es. Das SEK unterwanderte die Mitternachtsmette, so diskret es ging. Das Domkapitel war vorher informiert worden und konnte sich vor Aufregung kaum auf die Stille Nacht konzentrieren. Claudius Gefell hatte nicht die geringste Ahnung, dass er auf der Abschussliste stand. Arglos wie Hunderte mit ihm betrat er den tausendjährigen Dom, der im Lichterglanz der Weihnacht erstrahlte. Aus Rücksicht auf die religiösen Gefühle der Leserinnen und Leser verzichtet die Autorin hier auf eine genaue Beschreibung der polizeilichen Vorgehensweise.

Als der Chefkoch ahnte, dass die zum Zeitpunkt der ersten Lesung losbrechende Verfolgungsjagd ihm galt, flüchtete er sich in einen Beichtstuhl, leistete bei der Festnahme aber keinen Widerstand. Dante Wischnewski bekam die Story exklusiv. Die lokalen Radiostationen riefen die Bevölkerung auf, keine Gewürze zu verwenden, die sie bei Gefells Hot Spicy Business gekauft hatten.

In der anschließenden Vernehmung gab Gefell zu, aus Hass auf die Konkurrenz gehandelt zu haben. Er wollte mit den Todesfällen in Caro Terentos Kochkurs die Kollegin diskr+editieren und aus Bamberg verscheuchen. Zugleich gab er an, seit Monaten an einem Burn-out-Syndrom zu leiden und für seine Taten nicht voll verantwortlich zu sein, da sie im Stadium der völligen Erschöpfung begangen worden seien. Die Pflanzengifte habe er im Internet bestellt, das Digitalis einem befreundeten Apotheker gestohlen.

Katinka und Hardo feierten die verbleibende Heilige Nacht bei Polizeiobermeisterin Sabine Kerschensteiner, die über eine gut gefüllte Tiefkühltruhe verfügte. Dante Wischnewski wurde dazugebeten, um das jahreszeitlich bedingte Bedürfnis nach guten Taten zu befriedigen. Anschließend fiel der Polizeihauptkommissar in einen tiefen Schlaf, in dem er seine Erkältung zu 99% ausschwitzte, und Katinka nutzte die ruhige Morgendämmerung des ersten Weihnachtsfeiertages, um am Main-Donau-Kanal zu joggen.

ENDE

NACHWORT

Liebe Leserinnen und Leser,

hoffentlich hatten Sie Spaß mit Katinka, Hardo, Caro, Claudius und Dante. Unnötig anzumerken, dass alle Personen und Handlungen in diesem Roman frei erfunden sind und etwaige Ähnlichkeiten mit realen Personen oder Handlungen auf Zufällen beruhen. Eine Ausnahme sind die Regnitzschwimmer und Hainbadfreunde, die ich in diesem Buch als ›Initiative zur Rettung des Hainbades‹ tituliert habe. Auch die von Dante kurzatmig recherchierte Story von der Entführung des Jesuskindes 1987 basiert auf einer wahren Begebenheit. Den Rioclub gibt es nicht (leider!), genauso wenig wie den Alkoven. Auch das ausgeraubte Juweliergeschäft ist eine Erfindung. Köche sind selbstverständlich nicht per se miteinander verfeindet, geschweige denn desillusioniert. Krimiautoren noch weniger. Vor allem nicht an Weihnachten. Da können sie sich alle mal so richtig austoben. Informationen über Gifte und ihre Wirkungen hat

Christoph Schindler mit mir geteilt. Herzlichen Dank! Abweichungen, Anpassungen an literarische Bedürfnisse und Fehler gehen auf mein Konto. Das Hainbad werde ich auch weiterhin hochhalten (auch wenn es nun Hainbadestelle heißen soll), weil ich gern selbst entscheide, mit welchem Wasser ich mich nass mache.

Fröhliche Feste wünscht Ihnen

Friederike Schmöe

*Weitere Krimis finden Sie auf den
folgenden Seiten und im Internet:*

WWW.GMEINER-SPANNUNG.DE

MARGIT KRUSE
Schneeflöckchen,
Blutröckchen
....
978-3-8392-2137-2 (Paperback)
978-3-8392-5515-5 (pdf)
978-3-8392-5514-8 (epub)

WEIHNACHTSJAGD Kurz vor Heiligabend wird eine Bank ausgeraubt und ein Auszubildender erschossen. Der Räuber, im Weihnachtsmann-Outfit, mit auffälligen Budapester Schuhen, flüchtet im Weihnachtsmarktgetümmel. In sentimentaler Stimmung nimmt Margareta Felix, den Obdachlosen, am Heiligen Mittag nach Arbeitsende mit nach Hause um ihm über Weihnachten Asyl zu gewähren. Mit ihm zusammen begibt sie sich auf Gangsterjagd. Ein Katz- und Maus-Spiel durch ihren Heimatort, spannend und skurril, beginnt ...

*Bitte beachten Sie auch die Leseprobe
auf den folgenden Seiten.*

PROLOG

Der Schuss kam so überraschend, knallte ihm von vorne in die Brust. Er riss die Augen auf, schaute ungläubig, torkelte einige Schritte nach vorn, sah nur sie an, brach zusammen und fiel in den frisch gefallenen Schnee.

Sie stürzte zu ihm hin, drehte ihn weinend um, rief seinen Namen, immer wieder.

Doch er brachte keinen Ton heraus, sah sie aus traurigen, fassungslosen Augen an.

Ein einziges Wort.

Nur ein einziges Wort wollte er ihr noch sagen. Doch nur ein jämmerliches Gurgeln verließ seine Kehle.

Dieser ungläubige Blick, der fragen wollte: »Warum gerade ich?«, verfolgte nur sie.

Trotz der Dunkelheit sah sie dank der Straßenlaternen die Blutstropfen im Schnee versinken. Tanzende dicke Flocken, die vom Himmel fielen, setzten sich auf die am Boden liegenden Tropfen. Sie strich ihm mit der Hand zärtlich über seine Wange, kniete neben ihm nieder und beugte sich zu ihm herunter: »Ich habe das nicht gewollt. Verzeih mir!«

Ihm wurde schwindelig, schwarze Flecken tanzten vor seinen Augen. Von irgendwoher drang eine weihnachtliche Melodie an seine Ohren: »Schneeflöckchen, Weißröckchen, wann kommst du geschneit ...«

Waren es Engel, die das sangen? War er schon im Himmel? Er spürte einen wahnsinnigen Schmerz in seiner Brust. Wieder hörte er dieses »Schneeflöckchen«-Lied, das er als kleiner Junge schon so gern gehört hatte. Dann wurde es Nacht.

Noch bevor der Notarztwagen mit lautem Martinshorn vor ihm hielt, war er nicht mehr hier. Auch das flackernde Blaulicht holte ihn nicht mehr zurück.

1.

21. Dezember. Margareta stand mit ihrem Glühweinglas dicht gedrängt zwischen den anderen Gästen vor dem Eiscafé Botticelli und fror. Direkt gegenüber, vor dem Bekleidungsgeschäft, in dem sie beschäftigt war, befand sich die kleine Bühne, eingerahmt von Imbissbuden. Darüber, in dem großen Baum, hingen Geschenkpakete in allen Farben, angeleuchtet von unzähligen Lichtersternen. Glückliche Kinder einer Kita sangen als Nikoläuse verkleidet im Bratwurst- und Pommesnebel Weihnachtslieder, angefeuert von Muttis, Vatis und jeder Menge Omis sowie gelegentlich auch mal einem Opi, wenn er mitdurfte.

Wo ist mein Kind?, fragte Margareta sich. Wieso habe ich kein kleines Mädchen oder auch einen kleinen Jungen, der dort oben auf der Bühne seinen Mund weit aufreißen und singen würde? Vor Stolz würden mir die Augen nass werden, und ein Kloß im Halse würde mich beim Sprechen hindern. Meine Mutter Waltraud stünde laut aufschluchzend vor Rührung neben mir. Doch wo sollte dieses Kind herkommen? Vom Heiligen Geist? Unbefleckte Empfängnis?

Wieder war ein Jahr vergangen, wieder hatte sie den Mann fürs Leben nicht getroffen. Die alljährliche Weihnachtsfeier in der Firma mit dem traditionellen Schrottwichteln war ätzend gewesen, und Margareta war frustrierter als je zuvor. Sie schaute auf die große Plastiktragetasche mit dem Kaufhauslabel und hätte sich schütteln können. Einen unmodernen Herrenwintermantel, groß kariert, Lagerbestand seit mindestens 20 Jahren, hatte sie erwichtelt. Ein Wink mit dem Zaunpfahl? Sollte der Mantel vielleicht für jemand ganz Bestimmten sein? Da stand er wieder, wie fast jeden Tag, seit der Weihnachtsmarkt vor vier Wochen eröffnet worden war, ihr schräg gegenüber im Eingang des Kaufhauses. Einer der »Platte machte«, ein Obdachloser, und doch unterschied er sich von den anderen Wohnungslosen, die sich gelegentlich hier auf der Hochstraße blicken ließen. Felix hieß er, war höchstens 40 Jahre alt und hatte wunderschöne braune Augen. Sie war ein paarmal mit ihm ins Gespräch gekommen, in ihrer Mittagspause, zwischen Bratwurst und Kakao. Gestern traf sie ihn an einer der Märchenhütten gegenüber der Deutschen Bank. Er starrte auf die verstaubten Plüschbewohner des Etablissements und musste grinsen. Margareta ging es nicht anders. Auch sie hätte laut loslachen können beim Anblick dieser Figuren. Wie lange gab es diese Märchenhütten in Buer jetzt schon? Sie wusste es nicht. Jedenfalls schon, so lange sie denken konnte. Die Heiligen Drei Könige waren vom Alter gezeichnet, beugten sich vor dem Jesuskind, einer uralten Schildkrötpuppe, nieder. Maria in ihrem weißen Gewand sah aus wie die Bewohnerin eines Seniorenzentrums, und Josef, na ja, so alt, wie er aussah, konnte ein normaler Mensch gar nicht werden. Die krächzende Stimme aus dem Lautsprecher, die das entsprechende Märchen herunterleierte, erinnerte sie an die Stimme ihres Chefs. Ob er die Märchen selbst aufgesprochen hatte, um Geld zu sparen? Schließlich gehörten er und die Bude zur Buerschen Werbegemeinschaft. Möglich war alles.

Ihre Blicke hatten sich getroffen, und beide lachten. Felix hatte schöne Zähne. Die letzte professionelle Zahnreinigung konnte noch nicht lange her sein.

So ein hübscher Mann in Sack und Asche und ohne ein Dach über dem Kopf? Mutig hatte sie ihn angesprochen.

»Warum ziehen Sie umher mit Ihrem Hab und Gut? Sie sind doch noch so jung?« Mein Gott, ich rede schon wie meine Mutter, hatte sie gedacht. Ihr Blick blieb an seinem riesigen Rucksack und der daran befestigten Wolldecke hängen.

»Tja, das Leben ist kein Wunschkonzert. Meinen Sie, ich hätte mir jemals träumen lassen, mal auf der Straße zu landen? Ich hatte einen festen Job, doch meine Frau hat mir alles genommen. Aber das ist eine lange Geschichte.«

Jaja, immer die bösen Frauen. »Und wahrscheinlich sind Sie zu stolz, Hilfe anzunehmen, nicht wahr?«, hatte sie ihn gefragt.

»Kann schon sein«, sagte er nur. Tränen traten in seine Augen. Seine Jack-Wolfskin-Jacke war voller Löcher und Flecken, seine Cordhose stand ebenfalls vor Dreck. Die graue Fellmütze mit den Ohrenklappen sah zum Schießen aus. Und doch wusste sie, dass in dieser erbärmlichen Schale ein Juwel stecken musste. Vielleicht das Christkind, von Gott gesandt, um sie zu prüfen? Wie war das noch mit dem Froschkönig?

Tagsüber hielt er sich viel im Weißen Haus auf, einem Asyl für Obdachlose, warm und behaglich. Dort gab es zu essen und eine Waschmöglichkeit. Zum Glück brauchte er nachts noch nicht draußen zu schlafen, kam bei einem Bekannten in dessen Gartenhaus unter. Bei zehn Minusgraden allerdings auch kein Vergnügen. Jedoch fuhr besagter Bekannter über Weihnachten weg und wollte dann niemanden auf seinem Grundstück haben, erzählte er Margareta mit traurigem Blick.

Sie tranken Kakao, sinnierten über das Leben, bevor Margareta wieder an die Kleiderständer musste. Felix wollte seinen Nachnamen nicht preisgeben.

Warum sie Single sei, hatte er sie gefragt, so eine tolle Frau.

Tja, warum, überlegte sie, während die Rolltreppe sie in den ersten Stock des Kaufhauses, in die Herrenabteilung, gebracht hatte. Der Richtige war eben noch nicht dabei gewesen. Sie musste lachen. Hätte auch ein Spruch aus ihrer Mutter Mottenkiste sein können.

»Happy, happy star of Jerusalem«, schallte es aus dem krächzenden Lautsprecher auf der Bühne. Die Kinder waren längst verschwunden, die Musik kam jetzt vom Band und holte sie in die Wirklichkeit zurück. Auch Felix stand nicht mehr im Eingang des Kaufhauses.

Und wieder erklang der Refrain des nicht mehr taufrischen Nockalm-Quintett-Songs »Happy, happy star of Jerusalem, lass uns heute Nacht in den Himmel sehen.« Verträumt schaute Margareta in den Abendhimmel. Oh ja, sie mochte auch mal wieder mit einem Mann verliebt in den Himmel sehen.

Einen weiteren Glühwein zu trinken, kam für Margareta nicht infrage, wenn sie ihren Führerschein behalten wollte. Sie entschied sich für einen Kakao. Sie wollte einfach noch nicht nach Hause in ihre leere Wohnung. Obwohl die Geschäfte bereits schlossen, wurde es um sie herum immer enger. Das italienische Eiscafé war ein beliebter Treffpunkt der Weihnachtsmarktbesucher. In Dreier-, Vierer- und Fünferreihen standen sie hier draußen bei der Kälte vor der Tür an rustikalen Stehtischchen, um heißen Glühwein zu schlürfen, der von dem Italiener angerührt und auf der Tafel als »Vin brûlé« angepriesen wurde. Besonders der weiße Glühwein mundete Margareta und schenkte ihr für kurze Zeit Vergessen.

In drei Tagen war Heiligabend, und sie würde ihn wieder ohne Begleitung bei ihrer Mutter Waltraud verbringen, inmitten einer Schar Buckliger. Prost Mahlzeit! Ach ja, Waltraud! Hoffentlich würde ihr der rote Pullover mit dem tiefen Ausschnitt gefallen, den sie heute für sie gekauft hatte. Ihre Mutter trug gerne zur Schau, was sie hatte, auch noch mit über 70 Jahren.

Margareta grauste es vor dem Heiligen Abend. Sie würde ihren Bruder Gisbert wiedersehen, worauf sie eigentlich keinen großen Wert legte. Lieber würde sie den Heiligen Abend mit einem netten Mann bei sich zu Hause verbringen, die Beine hochlegen, schön essen, sich beschenken und verwöhnen lassen. Hatte sie eigentlich schon einmal Weihnachten mit einem Mann verbracht? Vor zehn Jahren, als sie noch fest liiert war, hatten sie die Weihnachtsfeste bei *seinen* Eltern abgehangen. Das war fast noch schlimmer gewesen als bei Waltraud. Tannenduft und dicke Luft herrschten dort in Muttersöhnchens Heim. Die chronisch beleidigte dürre Alte begluckte ihren Sohn, dass es fast schon pervers war.

Bei Margaretas Verflossenen war alles dabei gewesen.

Eine bunte Mischung aus einem Kriminalkommissar, einem Mehrfachmörder, einem Weichei, das sie bei ihren Ermittlungen auf dem Bergmannsglücker Zechengelände kennengelernt hatte, einem Polen, schön, aber untreu. Zuletzt war da ein Lehrer, der erst Sex wollte, nachdem er vor den katholischen Traualtar getreten wäre. Nein, sie wollte keinen Kater im Sack kaufen.

Ihre Gedanken gingen zu Felix. Armer Mann! Wieso war er so abgedriftet? Ob sie ihn morgen wieder auf dem Weihnachtsmarkt treffen würde? Fast freute sie sich darauf.

Gegen 20 Uhr trat sie den Heimweg an. Pünktlich um 20.15 Uhr wollte sie vor dem Fernseher sitzen, um sich den »Kleinen Lord« anzuschauen, wie in jedem Jahr. Dieser kleine Blondschopf, der Lord Fauntleroy werden sollte und beim bösen Earl of Dorincourt auf dessen Anwesen, das Kälte und Herzlosigkeit ausstrahlte, untergebracht wurde und den alten Knacker mit seiner kecken Art bald um den Finger wickelte, faszinierte sie in jedem Jahr zu Weihnachten aufs Neue.

Während sie in ihre warme Decke gehüllt vor dem Fernseher lag, Nüsse knackte und auf den winzigen Tannenbaum zu acht Euro vom Händler an der Ecke starrte, würde Felix in dem kalten Gartenhaus seines Bekannten, zusammengerollt in seinem Schlafsack, bei Minusgraden Radio hören. Am Heiligen Abend müsste er das Häuschen geräumt haben. Würde er dann auf einer Bank nächtigen? Im Berger Park oder im Stadtwald? Sie bekam eine Gänsehaut, wenn sie nur daran dachte. Es gab ein Männerübernachtungsheim im Ortsteil Schalke in der Caubstraße. Doch dort hatte es Felix nur einmal versucht, für drei Euro Schlaf zu finden. Lauter Drogenjunkies und

Gewalttätige hätten ihm Angst gemacht. Nein, zu diesen Obdachlosen zählte er sich nicht. Wie sollte es bloß mit ihm weitergehen?

Das Neueste aus der Gmeiner-Bibliothek

Unser Lesermagazin

Bestellen Sie das
kostenlose Krimi-
Journal in Ihrer
Buchhandlung
oder unter
www.gmeiner-verlag.de

Informieren Sie sich ...

www ... auf unserer Homepage:
www.gmeiner-verlag.de

@ ... über unseren Newsletter:
Melden Sie sich für unseren Newsletter an
unter www.gmeiner-verlag.de/newsletter

f ... werden Sie Fan auf Facebook:
www.facebook.com/gmeiner.verlag

Mitmachen und gewinnen!

Schicken Sie uns Ihre Meinung zu unseren Büchern
per Mail an gewinnspiel@gmeiner-verlag.de
und nehmen Sie automatisch an unserem
Jahresgewinnspiel mit »mörderisch guten« Preisen teil!

WWW.GMEINER-VERLAG.
Wir machen's spanne